눈물 젖은 소보로빵

시와함께(Along with Poetry) 시인선 016

눈물 젖은 소보로빵

황윤원 시집

시와함께 넓은마루

책 제목이 '눈물 젖은 소보로빵'이다.
제목에서 벌써 왈칵 반가운 마음이 앞선다.

'소보로빵'
그건 나 또한 열아홉 살 무렵 서울 거리를 떠돌면서 소보로빵 하나에 탈지분유 한 컵으로 점심을 때우며 어정거린 추억이 있기 때문이다.
그런 만큼 저자 또한 나처럼 할 얘기가 아주 많으신 것 같다.

그렇지 않겠는가.
살아온 날들이 길고도 험하니 고비고비 할 말이 많고 느낌 또한 첩첩할 터.
그 느낌과 생각과 기억들이 모두가 꽃이 되어 꽃동산이 되는 날이 분명히 황시인에게 있기를 빌며 소망한다.

시라는 문장 형태는 때로 우리네 인생을 새롭게 재건해주고 미래의 인생까지를 책임져주고 또 안내하는 고마운 문장이다.

연세 드실수록 더욱 맑고도 곱고 글의 바닥이 보이는 그런 맑은 글을 쓰시면서 스스로의 글로 하여 스스로 구원받는 눈부신 축복이 저자에게 부디 있기를 축원 드린다.

두번째 시집이라니 더욱 마음으로 축하를 드려야 할 일이다.

나태주 (시인, 전 한국시인협회 회장)

좀 색다른 시를 쓰고 싶었다. 감성感性에 이성理性을 얹은 시. 시의 감성적 거푸집 안에 이성적 내용물을 채우는 작업. 따뜻한 가슴에 차가운 지식을 밀어 넣으려는 가상한 노력이긴 하나, 좀 억지를 부리자면 '감성과 이성의 합창곡'이라 할까. 가슴과 머리가 동시에 오선지에 그려지는 환상적 조화라 부르면 너무 거창할까. 시는 대개 읽는 순간에 취한다. 읽으면서 가슴이 울렁인다. 심각하게 머리 쓸 필요가 없다. 가슴이 많이 떨릴수록 시적 심취가 깊은 좋은 시다. 거기에 여운까지 길면 더 좋은 시다. 그런데 취할 땐 흥겹지만, 깨고 나면 여운의 끝자락이 어쩐지 허전하다는 아쉬움이 없지 않다.

왜 그럴까? 시는 감성의 예술이기 때문이리라. 시는

시어詩語라는 도구로 감성을 형상화시킨다. 그래서 시는 감성의 섭취물이자, 배설물이다. 동시에 감성의 자극제고, 환각제다. 시는 한 글자, 한 줄이 환각제다. 환각 상태가 끝나면 허망한 게 그래서다.

  그렇다면 감성과 이성을 동시에 한자리에 초대하면 어떨까. '길 잃어 눈물 흘리면서도 고픈 배 채우려 소보로빵 뜯어먹는 아이'를 상상한다. 막막한 상황에서 감정이 복받쳐 올라 눈물 쏟다가 문득 허기를 느낀다. 고픈 배를 움켜잡고 있는데 지나가던 행인이 소보로빵을 건네준다. 눈물로 범벅이 된 소보로빵을 순식간에 먹어치운다. 우선 먹어둬야 나중에 집을 찾아갈 수 있다는 이성이 당장에는 막막하고 무섭다는 감성을 뛰어넘는다. 길 잃고 눈물 훌쩍대는 건 시에 취함이요, 정신 차리고 소보로빵을 먹는 건 이성을 찾음이 아닐까? 그래서 '눈물 젖은 소보로빵'은 시의 감성과 이성을 동시에 품는다. 재미와 의미, 눈물과 소보로빵이 공존한다.

　시 한 편 읽고 나면 "아, 그 말이 그런 거였구나!"하고 느끼면서 동시에 지식도 얻는다는 일석이조—石二鳥랄까. 운율도 있으면서 알맹이도 있어서 울림이 더 큰 시 꾸러미. 통상적 시 운율을 벗어나 내재율만 최소한 지키려는 산문시散文詩 prose poem의 변종쯤이면 어떨까. 프랑스 현대 시인 샤를 삐에르 보들레르Charles-Pierre Baudelaire는 1869년 "파리의 우울"에서 산문시 장르를 처음 선보였다. "율동rhythm도, 압운rhyme도 없이 음악적이고 서정적인 억양을 의식에 연계시킨 시적 산문詩的 散文". 베를렌, 랭보, 로뜨레아몽, 말라르메도 그를 따라 산문시를 즐겼다 한다. 칼날 같은 눈으로 영혼의 폐부를 콕콕 찌르는 파리의 슬픈 현실. 그래서 그는 "이제 취할 시간이다! '시간'에 학대받는 노예가 되지 않기 위해서는 끊임없이 취하라! 술이든, 시든, 무엇이든, 당신 마음 가는 대로...." 보들레르는 파리 시

내의 불쌍한 노파, 거리의 소녀, 노름꾼, 넝마주이 등 서글픈 거리 소재들을 다듬어 서정적 산문시로 그려냈다. 파리의 일상을 시로 구웠듯, 우리말을 맛깔나면서도 유익하게 시로 구워보면 어떨까?

   그런 시는 재미도 있고 쓸모도 있지 않을까. 파리시민의 서글픈 삶의 조각조각에 묻어 있는 우울한 시보다는 재미와 지식이 알알이 박혀 있는 앙증맞은 시들을 송이송이 매달고 싶은 마음 간절했다. 감성의 노래를 넘어 지식의 바다를 캐내는 채굴 장비로서의 시. 지식 습득 도구로서의 시. 그런 시는 무어라 불러야 하나? 감히 산문시의 품격에까지는 미치지 못하니 편히 시론詩的論文 혹은 논시論文的 詩 쯤으로 부를 수 있으리라. 둘 중 후자가 더 마음에 들어 이 시집도 논시집論詩集이라 불리면 좋겠다.

   여기 모은 시들 모두는 운율도, 리듬도, 압축과 응결에서도 최소한의 시적 필수조건을 갖추고자 애쓴 연구물들이다. 구태여 우기자면 시처럼 보이지만, 논문처럼 보이기도 하다. 형식은 시지만, 내용은 전적으로 지식구성 요건인 과학적 탐구에 의한 객관적 정보를 담았다. 필자는 오랫동안 과학적 지식 생산업에 종사했었다. 그래서 타성의 찌꺼기들이 여전히 남아 있어서 시 또한 그럴 수밖에 없으려니 하시면 좋겠다. 평생을 시업詩業에 종사해 온 프로들이야 그럴 필요도 없고, 그래서도 안 되는 일이라 하시겠지만, 저자 같은 무지렁이 시인의 시업始業으로서야 제법 귀여운 작업이 아닐까!

글이란 재미와 의미가 두 기둥일 터, 재미는 형식이, 의미는 내용이 맡는다. 그런데 재미와 의미를 한 방에 해결하면 어떨까. 이 시집이 용감하게 도전하려 한다. 여기 실은 시들은 일상에서 무심코 뱉어내는 말들의 출생 비밀 탐구물이다. '어처구니'와 '터무니'의 태생도, '아수라장'과 '아비규환'의 본향도, '갈매기살'과 '감자탕'의 애환도, '가오리'와 '멍텅구리'의 아픔도 달래가며 '개발새발' 모아 쓴 시들이다. 읽는 재미에 더해 얻는 지식도 챙기려는 '돌팔이' 시인의 '넋두리'일지도 모른다. '도무지' 알 길 없는 '한국 밥상'이나 '제주 감귤'까지도 학술연구처럼 풀어내려는 '벽창호' 고집으로 '시치미' 뚝 떼고 '뚱딴지' 같이 '망나니' 짓 하기로 작정하고 펴내는 시집이다. 무식하면 용감하다 하지 않는가. 새롬과 다름을 향한 행보로 가상히 봐주시면 영광이다. 독자들의 아낌없는 격려와 질타를 기대한다.

2022년 가을. 황윤원

| 차례 |

제1부

풍딴지같이 웬 비타령에 제주굴타령

가을 국화

지천에 늘린 꽃은
모양이 각각에
색깔도 제 각각이다
피는 때는 더 각각이다

가을 국화에는 바람과 눈과 비의 눈물이 스며 있다
가을 국화에는 새와 물과 천둥의 울음소리가 숨어 있다
가을 국화에는 사계절 농익은 세월의 지혜가 쟁여 있다

가을 국화는 봄 장미보다 그래서 더 찬란하다

사람은 더 그렇다
생김새도 각각에
능력도 제 각각이다
피는 때는 더 각각이다

비바람 이겨내고 늦게 피우는

가을 국화같이

해와 달을 바꾸며 그을린 시커먼 참숯얼굴에

닭똥 냄새처럼 진한 사람 냄새 풍기면 그게

찬란한 사람이다

숙주나물

콩으로 키우면 콩나물
녹두로 키우면 녹두나물
녹두가 변절하면 숙주나물

콩나물보다 열량은 모자라도 비타민A가 더 많아
어른 생신날 아침상에
아이 돌날 점심 국수상에
올리던 귀한 반찬 녹두나물
변절자 신숙주申叔舟 탓에 숙주나물로 바뀌어 버렸다

함께 충성 맹세한 동지들死六臣 배신하고 퇴청한 남편 향해
짐승 같은 얼굴이라 침 뱉고는
안방 대들보에 목매단 윤씨尹氏 부인 절개마저
서방님 배신을 덮어 줄 순 없었을 터

숙주처럼 쉬이 변해 숙주나물이니
만두소에 넣는 녹두나물 짓이기듯 아작거려 버리자는

백성들 응징이
녹두나물을 숙주나물로 바꾸어 버렸구나

눈앞의 사리사욕에 표변하는 이가 신숙주 하나일까
앞으로 또 무슨 나물이 생겨 날까

울타리

도적놈 막아주고
남의 집 안방 넘보지 말라고
집밖에 경계치는 별의별 울타리들
마음과 마음 막아 가두는 적대敵對의 벽
서낭당 울타리 새끼줄에 스치는 스산한 찬바람이
인간 세상 위에 앉아 신의 위엄 얹어 불 때
너희는 나를 숭배만 하되 이 울타리 넘어서면
신성 모독이니라

지배하는 자
지배받는 자
갈라치기 칼
위계질서 지키려는 고수들의 별의별 밑밥들이
울타리일 터

탱자나무, 개나리 생生나무로 치는 건 생울타리라 하고
마른싸리, 수수깡에 죽은 나무로는 바자울타리

엮어 세우고

나무기둥 널빤지 붙여 쌓아 올리면 판장板墻울타리

크고 작은 막돌 주워 모아 줄눈 못 맞추는 막쌓기로 허

튼층 올려두면 돌담울타리

진흙에 지푸라기 으깨 섞어 중간에 듬성듬성 잔돌

넣은 흙담울타리

고대광실 양반댁 벽돌담울타리는 흙 대신 단단히

구운 적벽돌 얹어 쌓으니

지붕에는 수키와, 암키와 함께 올리고

처마에는 막새기까지 물리니 울타리도 주인장

지체 높아야 호강하는 법

한술 더 떠 영롱玲瓏담울타리엔 반달모양 십자모양

구멍까지 만들고

수복壽福 부귀富貴 길상문자吉祥文字도 모자라

해, 산, 물, 돌, 구름, 소나무, 학에, 거북, 사슴,

불로초로 십장생무늬十長生文마저

보란 듯이 적어 넣지 않는가

어찌 그뿐이랴
능묘 귀신 지킴이 곡담ㅍ墻울타리는 죽은 사람까지
챙겨준다

없이 사는 민초들 초가집엔 기껏해야 생울타리에,
잘해야 돌담울타리인 데
고대광실 양반댁 기와집엔 벽돌담은 당연하고,
영롱담에 거북그림도 모자라
높이는 팔八 척尺, 250cm까지 세워 진다
비루한 평민 집 울타리는 아이도 뛰어넘을
세三 척90cm 겨우 세우건만

울타리도 계급 달고 신분 차별 하는가
나지막한 탱자나무 생울타리를
고관댁 높이 솟은 영롱담울타리에 어찌 비하랴!

내 울타린 한 다리만 들어도 넘을 수 있는
마른싸리 바자울타리
울 아부지는 어찌 흙담울타리 하나조차 물려주지
못했을꼬?
아빠울타리 엄마울타리, 아빠찬스 엄마찬스

미나리

아무 데나 아무렇게나 던져 놔도
무섭게도 잘 커가는 미나리
물에서 나면 물미나리
밭에서 따면 밭미나리
산에서 캐면 돌미나리

봄미나리 둘둘 말아 삼겹살에 초고추장
향이 어찌나 강하면 초고추장 이기려고
감히 함께 밥상 오를 용기 낼까
생선탕 비린내 쯤이야 식은 죽 먹기로
말끔히 지워내는 미나리향

미나리꽝 무논水畓인들, 물 없는 돌밭인 들
벌레에도, 질병에도 끄떡없는 생명력에
아무리 더러운 물도 수정같이 씻어주는
최첨단 하수처리 장치
똥물범벅 오폐수조차 미나리꽝에 한번 쏟아 부어 봐라

최고급 맑은 정수가 약수 되어 줄줄줄 흘러나오니

낯선 미국 땅 아칸소Arkansas로

고춧가루, 멸치, 한약 가득 챙긴 친정엄니 순자할멈

이민 가방 속에

미나리 씨 담긴 줄을 그 누가 알았을까

바닥 인생 거친 행로에도 미나리처럼 굳센

대한민국 엄마의 놀라운 의지

굳세도다 '순자씨', 굳세어라 '윤여정씨'

그렇구나, 미나리는 할리우드Hollywood에서도

무럭무럭 자랄 줄 아는 구나

'농장에서 고이 키운 농작물은 다 망가졌는데도,

개울가에 아무렇게나 던져 둔 미나리만은 살아남았다'는

할리우드 미나리

야명조

히말라야 설산雪山에 게으름뱅이 전설의 새가 살았다
밤이 오면 북풍한설 찬바람이 살을 에는 혹한이나
해가 뜨면 포근하고 따뜻해 살만한 천국이라
이산 저산 돌아치며 벌레 잡고 마실 돌며 행복해하지

아이쿠, 이런 세상에나!
낮 시간 포근함은 찰나인 양 잠시 잠깐
거적때기 하나 없는 기인 밤 맹추위는 맨살까지 찢어낸다
얼다 찢긴 목구멍은 밤새도록 피울음 토해내며

'따뜻할 때 집 짓자,
해 떴을 때 집 짓자,
내일 낮 지으리라,
기필코 지으리라!'

밤새껏 집 짓겠다 목 메이던 야명조夜鳴鳥
아침 해 떠오르니 새벽 별 지듯

언제 그리 추웠느냐, 언제 그리 약속했나
생각 없는 졸랍생이 살기 편한 건망쟁이
밤이 오면 다시 또 슬피 우는 건망조

'내일 낮에 지으리라,
반드시 지으리라!'

스스로를 속이면서도
속이는 자신도 모르고
속는 자신도 모르는
몽매와 나태와 건망
달콤한 낮 햇살에 취해 쓰디쓴 밤바람 속이는 얕은 수작
죽는 날까지 단 한 번도 집 못 짓고 슬피 우는 야명조
죽어서도 그리 슬피 울고 살게다

'내일은 꼭 집 짓고 말거야!'

그 내일은 가고
또 내일은 오고
또 내일도 가고
새 내일도 오고
가고 오며 이어지는 끝없는 악몽

우리 인생도 그리 흘러 마지막에 다다를 땐
내세來世에선 현세現世처럼 그리 살지 않아야지
다짐하고 다짐한다
내세에도 현세처럼 또 내일로 미룰 거면서도

해거름

해돋이는 새벽 해 뜨는 찬란한 시간
해넘이는 저녁 해 지는 아쉬운 시간
해거름은 해넘이 직전에 지는 해 붙잡고 지지 말라고
애원하는 시간

서쪽 산마루턱에 걸려 너무 멀다 싶으면
뒷마당 감나무 나뭇가지에 와 매달려 있는 애처로운 시간
끼니 걸러 주린 배 잡고 참아내는 인고의 시간
해 둔 일 하나 없이 또 하루 건너뛰고 지나가듯 허탈한 시간
인생 해거름엔 후회 없이 의연히 사약 사발 받들려는
준비의 시간
찰나 같은 인생이니 해거름은 곧 해탈이다

비타령

구름의 몸뚱어리는 얼음덩이와 물덩이

햇볕 쬔 물덩이는 수증기로 날아서 얼음덩이에 달라붙고

무거워진 얼음덩이는 떨어지면 빗방울이고

얼음덩이 채로 내려앉으면 눈

녹아서 흘러내리면 비

엉켜서 내리면 진눈깨비다

비는 그렇게

하늘에서 얼음덩어리 녹아서 내리는 물 덩어리일 뿐인데

이 땅에 비를 두고는 무슨 놈의 타령이 그리 많은가

언제 내리나, 얼마 동안 내리나, 얼마나 굵고, 얼마나 센가로

타령 각각 달라진다

장맛비는 장마철에 내리나 억수 같은 장대비만 있는 건

아니지

구멍 난 하늘에서 내리쏟아 세차고 굵고 거세게

내릴 수도 있고

조용히, 가늘고, 성기게 내릴 수도 있으니
장맛비는 장마철에만 내리면 모두 다 장맛비다

봄에 내리면 봄비라니 여름비, 가을비, 겨울비도
철 따라 부르는 타령이다
농사에 반가운 비는 모종 철 모종비, 모내기 철 목비
볕 난 날 잠깐 내리다 그치니 변덕스런 여우 닮아 여우비
겨우 먼지나 날리지 않을 만치 살짝 내리는 먼지잼
빗줄기가 하도 가늘어 안개처럼 뿌옇게 보이니 안개비
안개비보단 굵어도 이슬비보단 가늘어 골짜기에
수액처럼 피어오르는 는개
나뭇잎에 이슬 맺힐 만큼만 가늘게 내리는 이슬비
이슬비보다야 굵어도 비 같지도 않은 것이 맞고 나면
옷 적시는 가랑비
'가라고 가랑비 오고, 있으라고 이슬비 온다'니
이슬비는 무시해도 가랑비는 옷 적신다
바람 없는 봄날 아침 가늘고 성글게 소리 없이 보슬보슬

내리는 보슬비
이별 슬픈 부산 정거장에 소리 없이 내리는 보슬비를
키웠더니
추적추적 내리는 게 축축해도 한적히 여유 주며
부슬부슬 내리는 부슬비
장대처럼 굵고 세어 좍좍 내리는 장대비, 작달비
물 퍼붓듯 세차게 쏟아 붓는 모양새가 장대비를
능가하는 억수
굵고 세찬 모양새가 채찍 치듯 쏟아지는 채찍비

우리 땅에 내리는 비도, 남의 땅에 내리는 비도
하늘에서 내리는 똑같은 물덩이 일진대
별의별 타령 붙여
비 맛, 비 멋 다 내누나
역시 빼어난 민족

멸치

볶아 먹고, 끓여 먹고, 날로 먹고, 삭혀 먹고, 말려 먹는
으뜸 생선 멸치요, 국민 생선 멸치로다

두 해짜리 목숨조차 맘껏 한번 못 누린 채
떼거리로 잡혀 죽는 안쓰러운 생선 신세
버젓이 밥상에 주연主演으로 오른 적 한번 없이
어쩌다 한번 멸치볶음 주연마저
기껏해야 맥주 맛 도와주는 깍두기 신세로다
은은한 된장찌개 깊은 맛 내주고도
종국에는 찌꺼기로 폐기처분 운명이라

급해 빠진 성깔머리 물 떠나면 바로 죽어 멸어滅魚라 하는가
어지러운 눈에놀이마냥 몰려다녀 멸어蔑魚라 하나

성급히 바로 죽어 멸어든
떼로 다녀 멸어든
하찮은 생선 주제에 어魚 자字는 어디 감히

치侈 자字만으도 족해 멸치滅侈,蔑侈로 부를지니
태어나자마자 뿔뿔이 한 알 한 알 흩뿌려지는
바람 같은 출생이요
바다 먹이사슬 밑바닥에 매달려 플랑크톤 겨우
먹고사는 애처로운 생애로다
천지사방이 천적 투성이라 두 눈 부릅떠야
목숨 겨우 부지하는 초조한 발버둥
하늘에서 내리꽂는 갈매기 주둥이에
날카로운 바다왕자 상어 이빨에
허물 대는 해파리 우둔한 뒷발길질에다
약아빠진 인간들 싹쓸이 그물까지
까딱하면 목 떼이는 천적무리 일용 양식 신세
그러니 언제나 떼거리로 엉켜져 맞서야 한다
그게 뭉치면 살고 흩어지면 바로 죽어 나가는
멸치의 운명이다

잡히면 이내 가마솥에 끓여 찌니 마른 멸치는

그저 시체 말린 멸치 주검

동서고금 칼슘 왕 칭송 듣고 죽지만

죽는 순간 그래도 꼬장 하나쯤은 부릴 줄 안다

"에라이 인간들아, 숯덩이 내장 멸치똥 쓴맛 공격 받아랏! "

제주귤 타령

제주귤은 왜 그리도 갖가진가
야가 야 같고, 갸가 갸 같아
제대로 골라 먹기가 어려운 수학 문제 풀이구나

그래도 쉽게 한번 풀어보자니
감귤류柑橘類, tangerine와 만감류晚柑類, Tangor가 두 줄기다
감귤류는 토종이요, 만감류는 개량종이라

감귤류는 노지감귤, 하우스감귤, 타이벡 감귤에다
하귤, 풋귤, 청귤, 영귤, 금귤이 있으니
장삼이사 원조 제주귤들이다

노지露地감귤은 이슬 맞고 밭에서 자란 야생감귤
하우스House감귤은 온도 습도 챙겨 하우스에서 키운
인공감귤
타이벡Tyvek감귤은 듀퐁사Dupont社 신소재 부직포인
타이벡필름을 귤나무 밑에 깔아 반사햇볕까지

받아 쬐어서 더 달콤한 하우스감귤이다

하귤夏橘은 껍질이 두툼 단단하고 초여름에 따서

새콤달콤하여 '제주의 자몽'이라 부르는 노란 여름 감귤

풋귤은 레몬 라임 대신 요리용으로 신맛 나는

덜 익은 푸른색 풋감귤이고

청귤靑橘은 껍질이 한약재로 쓰이는 청색 감귤이며

영귤瀛橘은 일본의 장수長壽귤이 신선神仙의 땅 제주로

건너온 신선감귤이다

금귤金橘은 껍질 채로 씹어 먹는 방울토마토같이

앙증스레 작고 노란 감귤, 낑깡キンカン이다

만감류는 감귤tangerine에 오렌지orange를 합쳐서

영어로 탕고르Tangor라 부르니

한라봉, 천혜향, 황금향, 레드향, 진지향, 카라향으로

개량종들이다

한라봉은 꼭지가 한라산 봉우리 같은 게 달콤하나

껍질 아주 두껍다

천혜향은 껍질도 얇은 게 향은 천리ㅑ벮로 퍼지고
밀감이 오렌지 교배로 태어났고
황금향은 한라봉에 천혜향 교배시켜 곱으로 달고
껍질도 얇아 황금 같은 우량종이다
레드향은 한라봉에 온주밀감 교배시켜 빨간 게
달달하고 커서 튀는 귤이고
진지향은 하늘이 내린 진한 향에 달콤한 청견과
흥진조생 교배종이며
카라향은 카라만다린귤에다 요시다폰칸귤 교배시킨 늦
봄에 카라향 풍기는 신품종이다

만감류는 이종교배로 태어난 잡종강세 후손들이라
제주공항 귤 가게는 이리 적어 광고한다

"1월엔 레드향, 2월은 천혜향, 3월 한라봉에, 4월엔 진
지향, 5월 카라향에, 12월엔 황금향!"
에라, 그래도 모르겠다

제주귤은 방울 감귤 낑깡 빼고는

여전히 갸가 갸일 뿐!

삼천포

'잘 나가다 삼천포로 빠진다'니
삼천포가 무슨 괴물 동네라도 되는가
오죽하면 사천시泗川市로 이름까지 바꾸어야 했는가

장사꾼들 손님 많다는 진주 갈 길 잘못 들어
손님 적은 삼천포三千浦로 빠져 낭패 봤다고 투정부리고
진주행 열차에서 술 취해 졸다가 개양역 환승 놓치고는
진주 종점 갈 걸 삼천포로 빠졌다고 불만하고
고성 가던 승용차가 3번국도 삼거리에서
왼쪽 출구 놓치고는
오른쪽 종점 삼천포로 빠졌다고 불평해서
삼천포를 탓하는가

이유야 무엇이든
잘 나가다 일 어긋나고
얘기 중에 곁길로 빠지고
엉뚱스레 다른 일 하면

모두 다 삼천포로 빠진다고 질타한다

아서라, 너희가 삼천포를 정말 제대로 아는가?

아름다운 항구도시 삼천포는 한국의 나폴리Napoli다
남북 종주 동맥 도로 3번국도 남쪽 출발지가 삼천포다
오손도손 항구의 따뜻한 인심이 산生:생선 뛰듯
살아 있는 도시다
한번 가면 반해버릴 순박한 인정이 넘치는 순정 도시다
선구동 어판장에 널브러진 갈치, 멸치, 삼치, 고등어,
전어의 상큼한 비린내 섞인 태고의 바다 냄새 한번 맡아
보시라
삼천포 명물 쥐치 공장에서 풍기는 고소한 깨소금 냄새
한번 마셔 보시라
전라도 토하젓조차 삼천포 전어밤 젓갈은 못 이긴다는
걸 아시는가
사시사철 포근한 한려수도 중심마을에서 삼천포대교

한번 걸어 보시라

왜가리 새끼 치는 학섬 둘레길 한번 유유자적

걸어 보시라

울창한 송림에 백로 떼 꽥꽥대는 청송백학靑松白鶴 장관

한번 둘러 보시라

마도馬島의 뱃사공들 노동요 갈방아타령 한번 제대로 들

어 보시라

어허야 데야 갈방아야

이 방아가 뉘 방안고

두미 욕지 큰 애기는

고구마 배때기로 살이 찌고

닭섬 새섬 머스마는

전어배 타고 다 늙는다

그러니 이제부턴

잘 나가다 삼천포로 빠진다 하지들 말고,

잘 나갈 작정이면 삼천포로 빠져들라 하시라
먹거리 지천에 늘려 있는 따뜻한 남서해 바닷가
한려수도 품에 안은 엄마 품의 포근한 항구도시
길 멀다 탓도 말자, 사천공항 있지 않는가!

연가시

철사처럼 가늘고 길어 철사 벌레라 부르는
기생충 연가시
어릴 적 물 속에서 살다
커가면서 귀신도 모르게 사마귀 몸으로 파고든다
아무것도 모르는 사마귀는
몸 안에 연가시를 키우며 숙주 인생을 시작한다

어른이 될 때까지
사마귀 영양분은 온통 연가시가 다 먹어치우니
먹어도 먹어도 사마귀는 늘 배고프다
어른 연가시가 사마귀를 빠져나가는 건
치가 떨리게 잔혹하다
물에서 살아야 하는 연가시는
사마귀 뇌를 건드려 미치게 만들어
물속으로 투신하게 만든다
못된 인연, 모진 운명

숙주의 자살을 비웃으며

연가시는 유유히 사마귀시체에서 빠져 나온다

연가시가 다 클 때까지

사마귀는 허기 빼고는 아무렇지도 않은 일상이었으니

스스로 죽어야 한다는 운명조차 몰랐다

사마귀의 잔인한 숙명을 업고

연가시의 통쾌한 승리는 세상을 호령한다

스스로 죽는 줄도 모르는 채

사마귀는 그렇게 죽어 간다

살인 기생충 연가시의 치밀한 사전작전은

알아채지도 못한 채로

곤충 왕국의 제왕 장수말벌 빼고는

스스로 곤충의 왕이라 여겼던

사마귀는 그렇게

쥐도 새도 모르게 몸속으로 파고든

연가시 따위의 어이없는 공격에 맥없이 무너진다

바깥에서 달려드는 장수말벌은 차라리

착한 적군이다

속으로 파고든 연가시가 더 악한 적군이다

미국 4대 대통령

제임스 매디슨James Madison이 말했다

'폭력적 총칼의 외부공격보다

권력 내부에 소리 없이 잠입해서

서서히 자유를 잠식하는 침입이 더 무섭다'고

abridgment of the freedom of the people by gradual and
silent encroachments of those in power than by violent and
sudden usurpation

뚱딴지

뚱딴지같이
웬 돼지감자를 뚱딴지라 부르는지
감자같이 생긴 돼지 먹이라서 돼지감자라 함은 알겠으나
뚱딴지는 또 웬 말이랴

꽃도, 잎도 국화인데
땅 속 줄기는 오동통한 감자임에 틀림없다
영양 저장 덩이 괴경塊莖 생긴 모양새가
울퉁불퉁 제멋대로 둥글둥글하여 감자에는 못 미치니
감자 같은 돼지감자는 알겠으나
감자되긴 어림없는 뚱딴지라 함이로다

더운 땅, 추운 땅
모래밭, 자갈밭
논둑이고, 하수구며
아무 데나 쑥쑥 천연덕스레 커나가고
계절도 상관없이 아무 때나 불쑥불쑥 자라나고

일단 한번 심어지면 영생불사 죽지 않는

그뿐이랴 뚱딴지, 효능이 더 놀랍다
췌장 기능 살려내는 신비 효소 이눌린inulin이 가득하여
제당효과 탁월하니 당뇨병 다스리는 천연 인슐린
보약이다
췌장 강화, 신장 강화 특효약
당뇨환자 없기로 유명한 예루살렘 가거들랑
'예루살렘 플라워Jerusalem Flower'가 뚱딴지인 줄은
알고 오소
일본 의사 나카야마는 뚱딴지로 '이눌린맥스' 개발하여
당뇨환자 치료에 놀라운 효과 보고 있다고도 합디다만

생김새도 성품새도 돼지처럼 옹고집에 우둔하고
무뚝뚝해
그런 사람 이르기를 뚱딴지라 하는지라
상황 파악, 이치 파악 엉뚱스런 행동거지에
툭툭 튀며 개념 없는 행각이면

시도, 때도, 철도 없는
뚱딴지라 이름일세

아무 데고, 아무 때고 심어두면 잘 커가니
뚱딴지 농사 잘 짓는단 자랑은 마소
뚱딴지 소리 듣소, 귀농 인사님들!

가오리

바다 바닥 모래, 뻘, 바위에서 만만한 조개
잡아먹고 살아가는
낮디 낮은 바닥 인생이라 한평생 어찌
어찌해서라도 살아가려 하니
몸매라도 납작쿵 찌그려 뜨렸어야 했다
우릴 잡으려면 바닥 저인망 싹쓸이 그물뿐

육지는 너무 멀고, 바다는 너무 깊어
숨이라도 좀 제대로 쉬어보려 큰 콧구멍 두 개
멀찌감치 떼어 내 뚫었더니
인간들은 그걸 두 눈이라 여긴다
자기들 두 눈으로 우리 두 눈이라 보는 거다
물고기가 뭐 저리 괴물처럼 못 생겼냐며
공포의 마귀로 몰아 간다
지들 머리로는 고작 그리 착각한다

대롱대롱 매달린 수컷 생식기가 두 개나 있다는

이유로 음탕하다 힐난한다

쾌락에 목숨 거는 음란 물고기라고!

웃기지 마라

우리는 이래봬도 평생토록 일부일처만 한다

하필이면 꼭 거시기교미 때 잡혀 나가니

허구한 날 거시기만 하는 걸로 아는 거지

거시기할 때 거시기 두 개 따로 매달아

쉬이 떨어질세라

거시기 끝에 고정핀으로 가시를 붙여 두었더니

그깟 가시 찔린다고 잡자마자 맨 먼저

우리 거시기부터 땡강 잘라내는 잔혹한 너희 어부들

니들에겐 그게 그리 쓸데없고 하찮은 우리 거시기냐

'가오리 거시기' 소리 듣지 않게 만만히 보이지

말라고?

우리야 온갖 괄시도, 모멸감도, 수치심도 가슴에

파묻고 살아가는 서글픈 운명

그뿐인가 어디!

우리 사촌 홍어는 그리도 융숭히 후대하면서도

우리 가오리는 왜 그리도 야박히 홀대하나

우리는 홍어처럼 고약한 오줌 냄새 따위도

풍기지 않으니

삭혀 먹는 수고는 고사하고

그냥 쉽사리

날로 먹고, 지져 먹고, 무쳐 먹고, 볶아 먹고,

말려 먹고, 끓여 먹는

요긴한 생선 아니던가

아무데서나 쉬이 잡혀준다고 귀한 줄도 모른 채

기껏 한단 소리가 '홍어 대신 가오리'라

얕잡아 보질 않나

우리가 무슨 꿩 대신하는 닭 인양 하찮게 취급하니

우리가 그렇게도 만만한가

코 둘에, 거시기 둘 밖에 가진 거라곤 없는

처량한 괴물 생선 가오리인데다

홍어 대신 가오리 된 것만으로도

가오리 거시기 돼 버린 신세이거늘

늑대

물어뜯는 주둥이가 길고
뛰어가는 다리도 길어서 날쌘 짐승이여
그대 이름은 늑대고, 이리고, 승냥이다

힘센 사자도
날쌘 독수리도
저보다 약한 놈만 잡아먹지만,
적어도 우리 늑대는 우리보다 더 센 놈만
해치우느니

대담한 용기에다 총명한 지혜에도
싸워서 지는 날엔 고통도, 두려움도 다 버리고
조용히 죽을 줄도 안다
우두머리는 힘보다도 지혜로운 쪽이 맡고
위기 앞에서는 선봉에 서는 솔선수범 리더십에
남편은 사냥, 아내는 육아
한편이 죽으면 나머지가 모두 맡는

인간에 다름없는, 아니 인간보다 더 고고한
가족애 높은 부부 일심동체 동물이다
저보다 더 큰 사냥감 잡으려니
늘 가족 여럿이 손잡고 떼 지어 다녀야 하는
협동심도 높은 동물이다

나쁜 남자를 늑대라고 하는가?
천만의 말씀이다
우리 늑대는 평생 딱 한 번만 결혼하고
배우자 생전에 재혼이란 없다
부부 금실 좋고, 혹 재혼해도 전처 자식은
버리지 않는다
떼지어 씨족사회 만들어 살아도 우린 개처럼
근친상간近親相姦도 없다
자식이 크면 바깥 이들과만 결혼하는
족외혼 동물이다
이렇게 고매한 품격 있음에

인간 너희는 '개보다 못한 놈'이라 하지
'늑대보다 못한 놈'이라 욕한 적은 없으니
그나마 큰 다행이구나

아내 먼저 죽으면
남편은 스스로 덫으로 죽으러 가지
먹이는커녕 물 한 모금 거부하며 의연히 눈을 감는
절개의 동물이 우리 늑대임을 인간 너희는
진정으로 아는가!

돌팔이

돌아다니며 물건 팔아 먹고사는 이가
돌팔이 행상이라
장날마다 이 마을 저 장터 떠도는 장돌뱅이
열두 고개 넘고 넘어 등짐봇짐 장 다니던 보부상
행상도, 장돌뱅이도, 보부상도 떠돌면서 팔아먹고
살아가는 부초 같은 인생살이
돌팔이 인생

순진무구한 돌팔이를 가짜들이 밀고 들어 와
이름조차 팔아넘겨
가짜의사, 가짜무당으로 돌팔이를 매도시켰다
무면허에 무허가로 가짜자격 팔아먹는
나쁜 돌팔이로 만들어 버렸다
돌멩이도 속여서 팔아먹는 엉터리 장사꾼이
돌팔이라 우기면서
멀쩡한 환자 죽여 내는 돌팔이의사
화목한 집안에 우환을 부추기는 돌팔이무당을

만들어 냈다

돌팔이 중 으뜸은 돌팔이의사인 줄 알았는데
돌팔이의사 뜀뛰기조차 날아서 앞서가는 놈 있으니
돌팔이정치인이다

돌팔이의사

"자~자, 왔어요 왔어, 만병통치약이 왔습니다!
애들은 가라, 애들은 저~리가라
자~ 어르신들, 잘 들어 보세요
밤이 오면 무섭지요, 오줌 줄기 약하지요,
허리 다리 쑤시지요, 머리는 띵하지요
어르신, 그러니 이 약 한 알만 잡숴 봐
불만 끄면 불끈불끈, 오줌 줄기 폭포수요,
맑은 머리 초롱초롱, 허리 다리 언제 아팠나
신통방통 묘약입니다"

너도나도 장터마당에 왁자지껄 모여든다
돌팔이의사가 병도 고치고 약도 파는
길거리약국 겸 이동병원

우리네만 그랬을까, 서구 나라들 더 먼저
시작한 게 돌팔이의사 역사다
300년 전 영국에선 돌팔이의사

존 테일러John Taylor가
백내장 고쳐준다고 음악의 아버지 바흐Bach도
음악의 어머니 헨델Hendel도 모두 죽였다

깔끔하고 멋들어진 용모에 당당한 태도,
기적 같은 완치 경험 무용담에
원숭이 공연까지 곁들인 서커스단 축제 같은
웅장한 무대에서
연금술사 웅변술에 만병통치 외쳐대는
풍악 소리 요란하다
신묘한 비법으로 불치병이면 무엇이든 말끔히
낫는다는 확성기 소리 광장에 울려 퍼진다
한술 더 떠 나아가니 약값이란 껌 값이요
하도 귀해 아무나 구할 수 없다고
거들먹거리기까지 하고
부작용은 아예 없고 모든 질병 다 고치며
실패 사례 하나 없으니 난치병 말기 암조차

감쪽같이 완치라니
바흐인들 헨델인들 그 누군들 안 속을까

세상에 만병통치약은 없는 법
자양강장 건강보조식품일 뿐
싸디싼 영양제 하나 들고
나으면 그 약으로 나은 거고
안 나으면 더 먹어야 나을 거라 우겨대는
귀신 곡할 요설이로다
신비스런 영양제, 만병통치약
그 약이 무엇인가
글리세린, 설탕, 녹말 섞어 구운 단순 혼합제
진통 효과 노리고서 모르핀, 코카인, 알콜 같은
마취첨가제 넣었다가
임산부 마약 중독에 세상을 뒤집었지
어디 그뿐이랴
코카콜라 강장 제품, '프렌치 와인 코카'는

알콜 중독 일으킨다 상표 등록 취소시켰더니
와인 대신 시럽 넣자 오늘의 코카콜라로 환생했다니
이건 또 무슨 곡절인가

돌팔이의사 외쳐대는 상투스런 광고문구
두통, 신경통, 신경쇠약, 무기력증에 특효약이니
한 알이면 순식간에 해결된단 호언장담
어리석다 필부필부, 그게 어찌 병 일소냐
너도 있고 나도 갖고, 어른 아이 할 것 없이
흔해 빠진 증상인 걸
그저 다만 불편할 뿐, 누구나의 생리현상인 데
그런데도 현란스런 언변술로 광고문구 읊어대면
너도 속고, 나도 속고
나만 가진 희귀 질병 징후인 양 착각 한다
더 나아가 한술 더 떠 건강보조기구까지 등장하니 세
상이 왜 이런가
전기벨트, 진공캡에 자석팔찌까지, 하도 많아

셀 수 조차 없다

아파서 약을 찾나, 약이 있어 아파하나
아파서 의사 찾나, 의사 있어 아파지나
약이 아픈 걸 만들어 내는 희한한 세상
의사가 환자를 만들어 내는 이상한 세상
돌팔이의사가 환자를 더 만들어 내는 더 이상한 세상

물질적 신체도 의약품도
비물질적 인간 욕망에 어우러져 함께 춤추는
혼탁하고 무서운 세상
건강 갈망에 대한 인간의 무한 욕망
우리 몸뚱이들이 거대한 소비시장 만들어 나가는
괴이한 세상
비아그라 나오니까 성 능력 재는 자尺度가
새로 생겨나고
세상 압박 못 견디어 빚내서 받는 성형수술조차

전혀 이상하지 않은 세상
그 틈새 호시탐탐 노려보는 돌팔이의사
절망과 욕망에 집요히 파고드는 악마의 마수

과학이라는 의술에 기대고 살자
종교 같은 마술에 휘둘리지 말고
귀는 일단 의심하고 눈으로 본 뒤에 믿어야지
'믿고 보는 종교'보다 '보고 믿는 과학'으로
아무리 교묘한 돌팔이의사 돌팔매도
깨어 있는 환자의 치밀한 과학적 머리 앞엔
맥 못 춘다

별의별 돌팔이의사가 도처에 널브러져 나뒹군다
정치에도, 경제에도, 교육에도, 복지에도
그 어디든 숨어 있다가 바퀴벌레가 되어
스멀스멀 기어 올라온다
노련한 세 치 혀로 기술 팔고 지식 팔러

언제든지 어디든지 떠돌아 굴러다니지만

그 중 으뜸은 돌팔이정치꾼들

개집 짓듯 뚝딱하면 처방전 만들어 낸다

자판기처럼 동전 하나 쏙 넣으면 툭 하고 떨어지듯

돈 버는 건 남의 일

돈 써는 것만 나의 일

퍼주기든 퍼내기든 이기는 게 장땡이지

골병들 국민이야 나와 무슨 상관인가

오늘 누리는 이 큰 권세 내일 걱정 왜 미리 하냐면서

제2부

아끼다 똥 될라 자린고비님

갈매기살

돼지 잡으면
머리, 등심, 갈비, 앞다리, 뒷다리, 어깨살, 삼겹살,
방아살로 여덟 조각 낸다지만
갈매기살은 여덟 조각에도 들지 않는 푸대접 살이다
배와 가슴 나누는 횡격막橫膈膜에 달라붙은 근육이고
숨 쉬는 허파 따라 늘다 줄다 거듭하는 질긴
운동근육 살이다

뱃속을 경계 짓는 횡경막에 붙은 살은
가로로 막는다고 편히 불러 '가로막'살이다
얇은 껍질 뒤덮여 있는 근육질 힘살이라
구워도, 삶아도 먹기엔 너무 질겨 버릴 수밖에 없다
그러니 찾는 이 별반 없을 뿐 아니라,
값나갈 리 만무하지만
껍질만 벗겨보면 기막히게 담백하고 쫀득쫀득하다

맛도 좋고 값도 싸니

이런 대박 고기 어디 있으랴

영리한 장사꾼들 이걸 그냥 두고 볼 리 없지

고깃집 사장님들 눈이 번쩍 히트상품 기회로 포착하니

성남 여수동에, 서울 마포동에

가로막살 전문집 문전성시다

왁자지껄 대박상품

궁금해서 묻는 손님

'이리도 담백하고 쫀득쫀득한 고기 이름이 뭐냐'고

'가로막살입지요'

처음 듣는 이름이라 기억조차 어려운 터

누가 물어 대답하길 '가로마기 어쩌구 저쩌구…'

'가로마기살'이 다시 '가로매기살'로

'가로매기살'이 아예 '갈매기살'로 명찰 바꿔 달았다

게으른 인간은

편한대로 들어서 맘대로 부르나 보다

아무도 가로막살이라고 또박또박 말 못하고

아무도 가로막살이라고 귀 기울여 듣지 못하여

말하기 쉽고, 듣기 쉽게

'갈매기살'로 태어났으니

갈매기살은 바닷가 갈매기 살코기가 결코 아니다

갈매기들이 뭘 그리 잘못 했다고

부르기 쉽단 죄 하나 뒤집어씌워져

허구한 날 돼지 몸통에 박혀 살이 찢겨 나가는 수난을

겪고 있는지

사람이 더 게을러지면 뭔들 못 할까

그렇다면 입도 제대로 안 벌리고 대충만 들어도

금방 알 수 있게

'갈기살'이라 부를 것을

한국밥상 족보

한국밥상은 진수성찬으로 가지가지 요란스러워도
꼼꼼히 살피면
대감댁 계급같이 일목요연한 족보가 있다

이밥쌀밥은 싱거운 주반主飯이다
무언가로 간 맞춰줘야 맛이 나는 밥상의 상전이다
국도, 탕도, 찌개, 전골도
볶음, 구이, 조림, 찜에
이런저런 반찬 모두는
나래비줄 서서 주반 맛 챙겨주는 종반從飯이자,
조반助飯들이다
상전 비위 맞추려는 머슴네처럼

주반은 상전이니 이밥, 찰밥, 현미밥에, 죽도 있고,
국수도 있다
조반들은 주반 상전 모시는 상머슴, 중머슴에,
일꾼머슴들이다

국물족은 국족, 탕족, 찌개족, 전골족의 족별族別
상머슴들이고
볶음족은 주반 입맛 돋우면서 국물과 반찬 지원하는
중머슴들
구이족도 볶음족 닮아 국물, 반찬 보조하는 중머슴들
반찬족은 상전 아래 상머슴, 중머슴 잔심부름 수발드는
현장머슴들

상머슴 중 으뜸은 국물족의 국족과 탕족이라
이들 둘 다 국물 넉넉해 싱겁지만 양 많아 배부르다
국족은 재료 따라 된장국, 감잣국, 김칫국, 사골국,
미역국, 북엇국이고
탕족도 재료 따라 곰탕, 설렁탕, 닭곰탕, 삼계탕,
매운탕, 갈비탕, 감자탕이다

상머슴 중 찌개족은 국물 적어 짭조름하니
싱거운 주반 맛 돋우는 데 제격이다

찌개족엔 된장찌개, 김치찌개, 부대찌개, 청국장찌개, 순두부찌개, 고추장찌개요
상머슴 중 전골족은 이것저것 섞어 삶아 먹는
현장 냄비요리라
불 위에 냄비 걸고 둘러앉아 먹으니
정情도 열熱도 함께 담겨 맘도 몸도 따뜻하다
전골족엔 곱창전골, 국수전골, 두부전골, 만두전골,
불낙전골이라

중머슴 중 볶음족은 주재료에 양념 쳐서 장에 비벼
기름에 볶아 먹는 중머슴들
볶음족엔 낙지볶음, 오징어볶음, 제육볶음, 새우볶음, 가지볶음, 감자볶음
중머슴 중 구이족엔 불고기, 쇠갈비구이, 떡갈비, 돼지갈비구이, 뚝배기불고기, 쇠고기편채, 삼겹살구이, 생선구이, 황태구이, 춘천닭갈비, 곱창구이, 오리구이, 더덕구이

중머슴 중 조림족은 재료에다 양념질 해서 국물 없이
바짝 끓여 조린 요리
조림족엔 갈치조림, 고등어조림, 은대구조림, 두부조림
중머슴 중 찜족엔 조개, 고기, 채소에다 조미료 쳐서
끓여 익혀 국물 없이 쪄서 먹는 음식이라
찜족으론 갈비찜에, 닭매운찜, 아귀찜, 해물찜이 있지

반찬족엔 김치에, 무침에, 나물로 상머슴 수발드는
현장의 일꾼머슴들
김치로는 배추김치, 백김치, 나박김치, 깍두기,
오이소박이에 장아찌, 젓갈에 간장게장까지
나물에는 구절판, 도토리묵, 오이선, 잡채, 탕평채,
해파리냉채
전으론 파전, 빈대떡, 김치전, 모둠전에
회에는 생선회, 육회, 홍어회에다
닭백숙, 보쌈, 족발, 두부김치, 떡볶이에
만두, 육개장, 떡국, 신선로까지

상차림에 턱 하니 올라앉아 상전 입맛 챙겨 낸다

주반이 그렇다고 마냥 앉아 버티겠나
밥도 이젠 바뀐 세상 맞춰가야 살 듯 하니
비빔밥, 김밥, 김치볶음밥, 고기덮밥, 오징어덮밥,
콩나물국밥으로 홀로서기 시작한다
국수도 이를 보고 물냉면, 비빔냉면, 잔치국수,
비빔국수, 쟁반국수, 칼국수로 거듭나니
죽도 그리 따라 하여 잣죽, 호박죽, 전복죽으로 변신하네

식사 끝 후식으로
떡, 한과, 차, 수정과, 식혜 점잖게 올라오니
한국밥상 요란해도 요약하면 요술처럼 요렇게도
깔끔한 족보가 있다

감자탕

값싼 돼지 등뼈에 감자랑 우거지 넣고 진한 양념으로 맵
게 끓인
감자탕의 등뼈 쪽쪽 빨아먹는 재미는
유식한 양반님네들 도저히 알 길이 없다

일꾼들 음식이라 열량 높고 배부르고
값싸고 맛 좋고
한 방에 많이 만드니 손도 덜 가고
영양가는 높은데 푸짐하기 그지없고
앉자마자 즉각 먹는 데다 혹시라도 남은 국물 있으면 밥
볶아도 먹지만
감자탕의 백미白眉는 누가 뭐래도 뼈마디 깊숙이 숨은
살코기 발라 먹는 재미
으슬으슬한 늦가을 밤 야식 술안주에 이보다 더 나은 음
식 또 있던가

돼지 등뼈에 고인 척수脊髓의 순우리말이 감자라서

감자탕일까

돼지 등뼈 부위 중에 감자 뼈를 끓인다고 감자탕일까

감자를 통째로 넣고 끓여서 감자탕일까

그까짓 이유가 무슨 상관이랴

출발은 영농 소牛 귀할 때 돼지 대신 잡아 뼈 우려내

채소 넣어 끓여 먹던 전라도라지만

흥행은 경인선 철도공사장, 노량진 한강철교 공사장

함바집 단골 인부들이 만들었다

출발이고 흥행이고 이 또한 뭐가 그리 중요하랴

돼지 뼈 국물 우려내니 뼈 약한 사람에게 좋고

주당들 술안주 국물에 제격이며

성정 급한 우리네 심성 맞춰 한방에 후루룩 배불리

먹을 수 있고

영양만점, 가격저렴, 열량만점에다 대접 한가득 채워주고

마무리는 볶음밥에 뼈 바르는 재미까지

우리네 소시민이야 이보다 더 나은 음식 어디서

구할 손가!

칼제비

밀방망이로 곱게 밀고 밀반죽을 뽑아내어
찬물 묻힌 엄마 손으로 뜯어내면 수제비요
날쌘 칼로 쑥덕쑥덕 잘라내면 칼제비다
얇게 편 밀반죽을 국수틀로 뽑아내면 틀국수고
손으로 직접 칼로 잘게 썰어내면 칼국수다

칼제비나 칼국수나 칼로 썰어 낸 음식일 바에야
급한 성미에 일석이조 좋아하여 한방에 둘 다 먹자하여
칼제비를 칼국수에 수제비 섞은 음식으로 둔갑 시켰구나
짬뽕과 짜장면을 동시에 먹는 짬짜면처럼

자린고비 열전

절인 굴비 천장에 매달고서 맨밥 한 숟갈에

굴비 한번 쳐다보기

먹는 굴비 반찬 대신

보는 굴비 반찬이라

굴비 값 아끼려고 쳐다보는 반찬이니

이 얼마나 구두쇤가

절인굴비가 저린구비로

저린구비가 자린고비로 바뀌었다는

첫 번째 자린고비 사연

'잘은 꼽재기'가 변해서 자린고비가 되었다고도 하니

잘잘한 꼽재기는 아주 보잘것없이 작은 물건이고

아니꼬울 만큼 잘고도 인색한 사람이 자린고비라 함이

두 번째 자린고비 사연

자린고비 유래 중에 세 번째는 고비부자高蜚父子 얘기렸다

고비라는 부자영감 부자富者 비결 훈육할 제

소나무로 올라가서 한 손으로 가지 끝에 매달리게
해 두고는
곰방대 빨아가며 능청 떨고 딴전 피니
팔 빠져서 떨어진다고 소리치는 아이더러
재물 바로 그런 거다 한 수 크게 깨우쳐라
나뭇가지 잡은 그 손 그게 바로 재물이니
들어오면 놓지 마라 그 손잡듯 꽉 잡아라
하늘이 무너져도 절대 그 손 놓지 마라
재물이란 그 손처럼 꼭 붙들어 잡아두라
그게 바로 비결이라 부자 되는 이치니라

장독 안에 앉은 파리 수십 리 좇아가서
다리에 묻은 된장 빨아먹고 날려 보냈더니
다시는 파리 떼 얼씬하지 못했다는 질긴 근성 자린고비
그 파리 좇아가다 길 놓쳐 어정거리던
용인시龍仁市 어정에서 구성으로 넘어가는 어정고개
아차 파리 놓쳤다고 지금은 아차지고개 되었다는

네 번째 자린고비 사연

갓 시집 온 햇며느리 생선가게 간고등어 주물럭대다
그 손 씻은 국물에다 고깃국 끓여 올렸더니
자린고비 시어머니 칭찬은커녕 날벼락이다
아예 그 손 장독에다 씻었더라면
온 식구 두고두고 고깃국을 먹었을 일
구경하던 자린고비영감님 혀를 차며 내뱉는 말
그 손 우물에 씻었더라면 온 동네가
평생 고깃국 먹었을 걸 허허 참

다섯 번째 자린고비라

떡 해 오는 며느리에 재물을 낭비한다고
식구들 온갖 욕설 퍼부을 제
양도 많고 달달하여 반찬값을 아낄 수 있다고
며느리를 칭송하며
평생토록 매일매일 떡만 먹고 살았다는 바보 같은

여섯 번째 자린고비

짚신 닳아 아까우니 버선발로 다닌다고
자랑하는 나그네를
그럼 버선 닳지 않겠냐며
저는 맨발 보행이라고 자랑하다 발 망치는
일곱 번째 자린고비

형은 굴비 두 번 쳐다봤단 못난 동생 고자질에
자린고비 영감 훈계소리
"얘야 오늘은 형 생일날이다"
형제우애 지켜줄 줄 아는
첫 번째 자린고비 자애롭게 변신해서 다시 태어난
여덟 번째 자린고비

자린고비 인색하다 탓할 일만 아닐진대
아끼고 아끼던 병아리 한 마리 솔개가 물어가자

평생토록 허투루 쓰고 잃어본 적 없었더니
이제는 솔개조차 뺏어가니 내 재복財福도 끝이로다
가진 재물 모두 털어 불우 이웃 나눠주고
몸에 붙은 병들조차 아까우니 모두 내가 안고 가야 한다
내 것이든 네 것이든 아껴 쓰고 낭비 말되,
죽을 때는 산 사람이 아까운 건 모두 돌려주고 떠나련다

나쁜 병조차 아깝다고 죽을 때 가져가 버리는 향기 나는
아홉 번째 자린고비
그 많은 자린고비 중 으뜸일지라

막걸리

아무렇게 막 걸러내서 막걸리일까
지금 막 걸러내서 막걸리일까
대대손손 이어온 우리 민족 술
찐 쌀 누룩 물에 빚은 유산균 효모酵母 덩어리 막걸리

걸러낸 채로 탁하면 알콜도수 낮은 탁주濁酒요
앉혀서 맑은 윗물 골라 받으면 중간 도수 청주淸酒며
태워서 증기 받아 앉히면 도수 높은 소주燒酒라

일제가 세금 욕심에 주세령酒稅令, 1916 앞세워
알콜도수 따라 세금 액수 달리하니
같은 술인데
물 타서 도수 낮추면 막걸리로 세금이 낮고
물 안 타면 탁주로 세금이 높으니
같은 술이 세금 낼 때는 다른 술로 둔갑한다

백년이 지나서야 새新 주세령, 2010 만들어

비로소 탁주가 곧 막걸리요

막걸리가 곧 탁주로

제자리 찾았다

그 술이 그 술인걸

세금 따라 이름 달랐던

슬픈 우리 술, 막걸리

쌀로 빚어 쌀막걸리

밀로 빚어 밀막걸리

큰 술잔에 마신다고 대포

더 큰 술잔이면 왕대포

곡식으로 빚어 곡주穀酒

흰색이라 백주白酒

탁하다고 탁주濁酒

찌꺼기 남는다고 재주滓酒

도수 낮아 술기운 약하다고 박주薄酒

집에서 담가 먹어 가주家酒

제사상 올린다고 제주祭酒

농사일에 마신다고 농주農酒

시골서 빚어 촌주村酒

고향 가서 마시니 향주鄕酒

나라 술이라 국주國酒

신맛 중화시켜준다고 회주灰酒라 하네

어디 그뿐이랴

동네마다 막걸리 이름 달리하니

함경도엔 감지

제주도엔 다박주에 탁바리

경상남도는 막걸래

평안도는 막고래

전라도 장성은 빡주

충청도 논산엔 젓내기술

부산에선 탁주배기

항암물질 스쿠알렌squalene까지 품고 있다는

우리 막걸리

아무렇게나 막 걸러내든

방금 막 걸러내서든

모내기 논둑에 걸터앉아

한 바가지 가득 채워 따른 농주 대포 한잔

걸쭉한 맛 하도 아까워 입가에 묻은 마지막 방울조차

혀 내밀어 닦아 먹는

대한민국 국가주, 막걸리 만만세!

십팔번

지구상 그 많은 사람들 중에
우리처럼 이리도 노래 즐기는 민족 있을까
노래방 들어서면 천하의 샌님도
마이크 먼저 잡으려 안달이다

십팔번 뺏기지 않으려는 치열한 몸부림
그건 차라리 목숨 내건 쟁투

일본 '이찌가와市川 가부키歌舞伎, かぶき 가문'의
대표 가무극
'교겐狂言' 맨 끄트머리 촌극 18번
재미도 광기도 으뜸이라 마지막finale 장식하는
쥬하치반十八番
가부키 쥬하치반歌舞伎十八番, 가무극 제18번은
전체 희극의 꽃이요 장끼長技다

쥬하치반이 본시 일본말

십팔번은 일본식 우리말
애창곡이 제대로 된 우리말

애창곡 선점 투쟁은 노래방만의 일일까
인생도 장끼판
애창곡 잘 불러야 제 구실하듯
제때 제대로 장끼를 써야 성공한다

애창곡 지키려는 애절함은 가수보다 음치가 더 절실하다
그나마 하나 뿐인 내 애창곡, 십팔번
누가 낚아채기 전에
먼저 불러 놔야 남은 시간 편하니까

장땡

조상님들 즐겨 찾던 전통 놀이 투전판
손가락 너비1cm에 길이는 다섯 치15cm
들기름 절여 한지韓紙에 겹겹 붙인 길쭉한 윷가락 같은
기름종이 딱지
사람, 새, 동물, 벌레, 물고기 그림 넣고
끗수 표시한 마흔 장 딱지로 노는 투전놀이 '돌려대기'
끗수로 집 짓고 땡 맞춘다고 '짓고땡'
편히 불러 '짓구땡'

기름종이딱지牋로 싸운다고 투전鬪牋
기름종이딱지牋 던지며 논다고 투전投牋
숫자표시딱지로 싸운다고 수투전數鬪牋
길쭉한 종이쪽지 찌지箋 던지며投 논다고 투전投箋
동전 놓고 싸운다고 투전鬪錢
오십보백보 뜻이지만 다행히 한글발음은
모두가 투전이다

땡 중의 땡은 장땡

장자將字는 열십자十字로 십땡이라 부르기 고약하여

점잖게 장자땡

5장씩 나눠주면 3장으로 10단위 10, 20, 30 집을 짓되

못 지으면 실격이고

나머지 두 장으로 끝 숫자 크기 따라 우열 가른다

남은 2장 딱지가 짝 맞으면 땡이고

1땡에서 10땡까지 큰 숫자가 이긴다

그러니 장땡을 이기는 땡은 없다

남은 2장 짝 맞으면 '땡'인 데, 안 맞으면 '황'이다

장자딱지 한 장에다 일자一字딱지 들어오면

기껏해야 한 끗이니 황 잡아서 꽝일테지

걱정하다 펼쳐보니 이게 뭔 일 장자딱지

말짱 황인 줄 알았다가 깜짝 놀란 장땡 횡재라

장땡 잡고 내리치는 '투전불림' 노랫가락은

자신만만하여 흥에 겹다

"두 눈이 꿈쩍 구자九字,

구자나 한 장 들고 보니 구십에 노인이

팔상좌 거느리고 나무 밑을 걸어간다"

구땡 투전불림 물리치며 호기로운 장땡 투전불림

읊어낸다

"이리저리 장자將字,

장자나 한 장 들고 보니 장안의 광대 박광대,

오만 장이 내 돈이라"

그런 투전판이

조선朝鮮 가고, 일제日帝 오니

화투판으로 바꿔 왔다

화투花鬪는 열두 달 화초그림딱지 놀이로다

포르투갈 카르타carta 딱지놀이가 일본 거쳐 한국 오니

일본은 하나후花札, 한국은 화투

총명한 우리 민족 화투도 투전처럼 기발하게 엮어냈다
민화투, 육백, 짓고땡, 섰다, 고도리까지
그중에 짓고땡은 투전의 일난성─卵性 쌍둥이

투전이나 화투나
하수는 제 패만 읽고, 고수는 남의 패까지 읽는
눈치 빠른 추리력에 고도의 심리전투
사소한 제 몫에 목 매이는 사이
남이 제 목 떼 가는 줄 모르는 아둔함
장땡 욕심 부리다가 말짱 황도 될지니
패가망신 장땡욕심 자나 깨나 조심조심

아끼다 똥 될라

아끼고 또 아끼고
쌓아두고 또 쌓고
쓸모 사라져 똥으로 버리는 날 기다리며
어제도
오늘도
내일도
똑같이 고집하는
끈질긴 집착
절약의 강박
아빠의 협박
엄마의 속박

새 옷 아까워 헌 옷만 주구장창 입어대고
싱싱한 사과 아끼다 묵어 상한 사과 귀퉁이 발라 먹고
유통기한 지나 버릴 우유 미리 먹느라
새 우유 유통기한 또 지나가고
최고 아끼려다 최악 만들어 나가는

낡아빠진 의무감
케케묵은 옹고집
평생 헌 것만 사랑하다가
새것은 똥으로 만들어 버리는 어리석음

아끼다 똥 된다
좋은 것부터
새것부터
싱싱한 것부터
먼저 먹고 먼저 쓰자

돈도 아끼다 쓸 날 다 놓칠 터
우유처럼
돈도 유효기간 적혀 있지 않을지

몽니

앞이마가 앞으로 툭 불거져
심술이 덕지덕지 붙어 있다 해서
몽이마가 몽니마로, 다시 줄여 '몽니'라 했다던가
음흉하고 심술궂고 욕심쟁이 성깔머리에
붙여주는 귀여운 말

몽니께나 부린다
몽니 사납다
몽니쟁이다
몽짜 부린다
야료惹鬧 부린다
진상이다
애들 쓰는 요샛말로는
어그로에, 트롤링이다

김종필 총리님 야합정치 했다가
내각제 뒤통수 얻어맞으면서

'그거 안 하면 몽니 부리겠다' 어깃장 부린 탓에

유행시킨 공로로

죽었다 되살아난

귀여운 우리말 '몽니'

멍텅구리

귀엽사리 불러주면 뚝지요, 고약사리 불러주면
멍텅구리라
아둔하고 어리석은 건 어쩔 수 없으니
멍청이, 얼간이, 맹꽁이, 맹추, 바보천치에
무어라 불러도 멍텅구리긴 매일반이라

오동통통 볼록탱이 몸통에 얼굴마저
못난이 심술쟁이
게다가 동작마저 굼뜨니 느려 터진 몸짓까지
덜떨어진 건 알겠으나
틈만 나면 잠을 자는 하품쟁이 푼수때기로다
도끼 들고 내리친대도 도망칠 생각 없고 멍하니 '나
잡아라' 빤히만 쳐다본다
바위 턱에 한번 달라붙으면 천둥 번개에도
떨어질 줄 모르는 천하태평
살 궁리, 더 잘 살 궁리 따윈 아예 관심조차도 없다
이렇게 모자란 물고기 하늘 아래 또 있으랴

자나 깨나 심통 가득 찬 얼굴에
동글동글 몰캉몰캉한 몸통
점찍은 듯 작은 두 눈은 십 리 만큼 뚝 떨어져
매달렸고
두 손인 듯 바위에 짝 달라 붙이는 흡착판일랑은
배꼽에다 매달고는
세월아 네월아 느긋하게 오물오물 기어 다니고
머리 쪽만 불쑥 솟아 나온 주제에 오동통하게
살찐 데다
꼬리 쪽은 오밀조밀 쬐꼬만한 풍선 꼭지모양이니
참으로 영락없는 풍선이로다
뭉퉁한 주둥이에 일자 ᅳ字 입은 또 웬 말인가
아래턱은 위턱 딛고 불뚝 솟아 튀었으니
오종종한 두 줄 이빨 따위 하나에
그 누군들 무서워하랴!
하기야, 천하태평 인생이 언제 누구더러 무서워해
달래기나 했을까만

바다 깊이 찬 바다에서 알 낳으려 따뜻한 뭍에
나왔다가
강원도 어부에게 잡혀 잔치상에 올려 지는
겨울 별미로 칭송받으니
꼴불견의 화난 못난이 얼굴에도 맛 하나는
일품이구나

그래도, 멍텅구리 우리 뚝지
놀리지만 말아주소
안 듣고, 안 보고
세상 관심 끄고 살아감이
지혜 중 으뜸임은 최소한 알고 삶이
우리 멍텅구리 삶이 랍니다
얄팍하고 각박한 이 세상에서
그나마 멍텅구리 해탈은 축복받은 지혜일지도
모르니까
돛도, 키도, 노도 없이

닻만 바다 깊이 박아
갖은 풍파 이겨내며 그물 쳐 기다릴 제
제 몸 하나 못 가누는 멍텅구리 젓새우 떼
물살에 떠다니다 멍텅구리배 그물 속에 떼거리로
걸려드는 또 다른 멍텅구리 족속
새우젓 장독으로 소금 질 가는 멍텅구리새우떼

멍텅구리배 신세나, 멍텅구리새우 신세나
하나같이 멍텅구리로구나
인간도 별반 다를 건 없지만

뇌피셜

세종대왕 창제하신 한글조차
세월 따라 새 단장을 꾸려나가려나
분 발라 덧칠하고 코도 입도 남김없이 고쳐대는 성형 세상
한글도 그렇게 성형수술 한창이다
탓하는 사람 많아도 세상 변화 어찌하랴만
그래도 뼈대만은 못 고침을 알기는 하나 보다

한글 얼굴에 서양 화장품 덕지덕지 묻어가고 있다

뇌피셜이 대표선수다
 '뇌'와 '오피셜official'이 엉켜서
공식 검증 없이 자기 뇌로 만드는 공식화
"腦 + ficial"
자기 확신 발언 비꼬는 신세대의 신조어
객관적 사실 벗어난 주관적 개인 주장
편견이고 독선이고 사견이라 부르면 될 일
성형으로 더 예쁘게 보이려는 심보인가

가붕개 개돼지

가재도, 붕어도, 개구리도, 개도, 돼지도
그들 세상에선 모두가 귀하다
고얀 인간들이 자기들 세상에 끌어넣어
비루한 걸로 낙인찍을 뿐
개천에서 용이 되어 오른다고 개구리들이 무슨 박수 칠까
인간이 쳐 대는 박수조차 개구리가 알아주기는 할까
개구리는 가재, 붕어와 더불어 오손도손
어제 같은 오늘을 살아 갈 뿐

개도 돼지도 저희 눈에는 먹잇감이라는 고마움보다
먹이만 던져주면 넙죽넙죽 받아 처먹는
게으르고 미천한 동물로만 바라본다

누군가 그랬다
용이 되어 날아오르지 못해도
가붕개들이 행복한 개천이면 되지 않느냐고
또 누군가는 그랬다

민중은 개돼지라

불가촉천민不可觸賤民 만들어도 허기진 배만 채워주면

아무도 불평 않는 따뜻한 세상 되는 거라고

정말 그럴까?

집값이 폭등하니 가붕개 개돼지 모두가 화났다

젊은네는 너무 비싸 집 못 사고

중년네는 대출 막혀 이사 못 가고

늙은네는 평생 벌어 산 집 하나조차 세금폭탄 얻어맞아

허덕이고

온 천지의 한숨소리가 천둥소리로 아우성이다

그랬더니

번개 맞아 찢긴 회환의 절규가 어깨 너머로 귀를 쪼개며

내리 친다

병신들, 병신들!

여태 집도 못 산 가붕개돼지 병신들!

끙끙대는 심통소리는 동네방네로 퍼져 나가며 한탄 한다

교회 갈까, 절에 갈까, 차라리 힌두사원 찾아가자

현세에선 틀렸으니, 내세에나 빌어보게

이승에서 못 산 내 집, 저승에나 가서 사게

개발새발

예전에 고양이는 괴라 했고
예전에 개는 지금도 개라 하지
새하얀 눈길 위로 앞서거니 괴, 뒤서거니 개
괴 발자국은 먼저 눌린 괴발자국
개 발자국은 나중 눌린 개발자국
괴발자국, 개발자국 서로 눌러 엉켰으니

어느 것이 괴발자국
어느 것이 개발자국
도무지 알 길 없다

그냥 엉켜 헬 수 없는 괴발자국개발자국
줄이면 괴발개발, 편히 불러 개발개발

고양이나 개만 발자국 낼 줄 아나
새도 한 몫 끼어든다
고양이 밀쳐내고 개 뒤를 따라 간다

개발자국, 새발자국 섞어 찍힌 발자국들
개와 새가 찍어 엉킨 모양이 개발개발에 다름없다
개발자국 새발자국
줄여 보면 개발새발

괴발개발, 개발개발, 개발새발 어지럽다
그 말이 그 말이니 아무렇게나 쓰면 어쩔 텐가
모두가 악필惡筆인 걸
어찌 쓴들 무슨 상관이랴

성의 없이 갈겨쓰는 천하 악필 작당패들은
천재는 악필이니 개발새발 탓하지 말랜다
또박 글씨 착한 누나를 맹꽁이라 조롱하면서

지지지지

쌀독에서 인심 난다
쌀독에서 표심 난다
퍼주고 또 퍼주고
너도 주고 나도 주고
쌀 퍼주기, 쌀 지키기 싸움판 벌어졌다
곳간지기 화가 나서 지지지지知止止止 소리친다
도덕경에 이르기를 '그침을 알고 그칠 때 그쳐야 한다'니
해도 해도 너무 한다 이제 좀 그만하자
나라 곳간 텅 빈 판에 퍼줄 쌀이 어디 있나
곳간은 비었는데 빌려서 퍼줄 텐가
이제 그만 지지지지 멈출 때를 알아채자
지지지지 말 받아쳐 지지지지하게 야단이다
자꾸만 수다스레 지껄이니 참으로 지지지지하도다
온 나라가 진정으로 지지지지하지 못하고
시답잖은 지지지지만 한다

왁자지껄 대한민국

수근수근 대한민국

통탄스런 대한민국

지지지지 대한민국

지지지지소리 지지지지스레 퍼진다

도덕경을 읽어야지

정치란 걸 바로 하지

미주알고주알, 밑두리콧두리, 암니옴니

미주알고주알이 동글동글한 구슬이라고?
밑두리콧두리는 코밑의 수염이라고?
암니옴니는 암컷의 어머니라고?

그럴 리가요!
'미주알 캔다'는
의사가 똥구멍에 끝닿은 창자 끄트머리인 미주알까지도
깡그리 들여다보는 검사라지요
그것도 모자라면
고조할아버지 후장인 고주알까지 캐보는 거라니
미주알고주알은 별별 걸 다 캐내려는 깨알 같은
질문 공세지요

꽃이 예쁘면 꽃만 보면 될 일이지
밑동조차 예쁠 거라고 뿌리까지 캐내 볼 게 뭐이람
윗두리 꽃잎이 예쁘걸랑 밑두리 뿌리는 그냥 그러려니
할 일이지

시시콜콜 사소한 밑동까지 낱낱이 왜 물어보시나
밑두리엔 콧두리 후렴 붙이면 제격이니
밑두리콧두리 묻지 말고 웬만하면 그냥 눈 감고
지나가시지요

멀쩡한 남의 이빨 궁금할 일 뭐 그리 많으신가
어금니에 앞니까지 일일이 다 캐물으면
자질구레스럽기 그지없지 않으신가
정말이지 앞니어금니, 암니옴니
꼬치꼬치 사소한 것까지 죄다 알아 뭐하시려고

그대는 왜 남의 일에 미주알고주알 따지고 드시나!
그대는 왜 남의 일에 밑두리콧두리 캐려 하시나!
그대는 왜 남의 일에 암니옴니 파고드시나!

미주알고주알, 밑두리콧두리, 암니옴니
따지지도, 캐지도, 파지도 말고 살면 대범하다 하더이다

제3부

어처구니없는 이판사판

쉼표

코로나 덕에 나발 분다
합법적 휴식기간
넘어진 김에 쉬어 간다
일상이 멈춰 두렵고 짜증 나도
그러지 말자
쉬는 일도 일인 바
자는 일, 노는 일도
하물며 하품조차
소중한 일일지니
일정표 입력 금기사항 아니다
일없이 생긴 공짜라고
빈칸 남기면 불안하고
빈칸 많으면 무능하다 질책 받을까 두렵나

아서라
쉬는 일보다 더 큰 일 세상에 어디 있나
그러니

오늘부턴 일정표에 쉬는 날도 일정으로 찍어 넣자

빈칸 남기는 게 정히 계면쩍다면

쉼표 하나만 이렇게

" , "

턱 하니 찍어 넣고

마음속에 이렇게 적어두자

'휴식: 내가 날 만나는 날'

안 그럼

삶이 너무 무거워

내일이 너무 무서워

생트집

멀쩡한 벤자민고무나무 껍질을 찔러
고무 수액 빼내자고 트집을 낸다
참옻나무 트집 내서 참옻 진액 받아내고
소나무 트집 내서 송진 진액 빼어낸다

너는 그저 태어난 대로 묵묵히 하늘만 바라보고 사는 데
까닭 없이 찔러대는 인간의 생트집에 아프냐
니가 아플 거라 생각조차 못 하는 인간의 이기심에 아프냐

트집이 클수록 그만큼 벤자민고무는 더 아프다
참옻나무 줄기도 많이 아프다
소나무 대궁이도 그렇다
인간의 생트집은 아주 많이 더 그렇다

터무니

집터 다듬어 주춧돌 앉히던 자리
터무니가 중심 잡아주던 흔적이라

터무니 사라지면 집턴 줄 어찌 알까
타 버린 집 어찌 생겼을지
어딜 향해 앉았을지
터무니가 어딘지도 모르는 주장은 억지춘향에
견강부회牽強附會다
과학이 아니라 고집일 뿐이다

터무니 자리조차 모른 채 아무 소리나 내지르는 세상
참 터무니없는 세상

어처구니

암키 수키 맞물어야 맷돌은 뱅뱅 제대로 돌아가지
어처구니 빠진 맷돌이면 무슨 수로 돌릴소냐
아랫돌에 윗돌 맞춰 어처구니 쫑긋 세워야
콩도 갈고, 팥도 갈고, 밀 메밀 녹두 빻지

어처구니 빼고 나면 맷돌 어이 돌아가랴
아무리 급하대도 어처구니 안 끼우고
맷돌 어찌 돌리려나
세상일은 일마다 어처구니 숨어 있다
기본이란 게 깔리는 거다

어처구니 빼놓고도 창대한 사업 이루겠단
허풍 많은 맷돌 인간 떼거리들
기본은 건너뛰고도 괜찮을 거라는 변두리 허상들
어처구니 빠진 세상
어처구니없는 세상

어처구니를 어이라 날조하는 어이없는 사람들도
있더구먼
영화 '베테랑'에서 주인공 조태오가 맷돌손잡이를
'어이'라 하던가
그 또한 어이없는 일이라 참 어처구니가 없구나

쌤통

놀부놈이 좋은 터 잡아
물맛 좋은 샘물을 파고는
울타리 쳐서 막아 두고
혼자만 퍼 마신다

괘씸한 놀부 미운 마을 사람들
샘물에다 똥통을 부어 버렸으니

샘물이 똥물되고
샘통이 쌤통되고
놀부 심보도 쌤통이 돼 버렸다

너도 나도 양팔 들어
온 동네가 와자지껄 환호성이다

놀부 향한 비웃음 소리
하늘조차 얼음 같은 파안대소 하는구나

고얀 놀부놈 쌤통이로고!

이판사판

숭유억불崇儒抑佛 조선朝鮮에서
살길 찾던 막막한 무지렁이 스님들
누구는 심산유곡 은둔으로 참선하는 이판理判되어
살아가고
누구는 유생들 잡부 시중으로 구걸하는 사판事判되어 연
명하니

이판인들 사판인들 어렵기는 매한가지
도성에서 쫓겨 난 막다른 인생인데
이판이면 어떠하고
사판이면 어떠하리

어차피 우리 인생 이판사판 막가판인 걸

나나나나

낮은 코, 거친 피부, 작은 눈, 좁은 이마

참 볼 품 없다

그런 내가 싫어

틈만 나면 나는 나를 학대한다

못 생겨 싫고

돈 없어 싫고

무능해 싫고

이도 싫고

저도 싫고

다 싫어

통째로 나를 날려 버리고 싶다

첫 번째 나

숨다시피 성형외과 계단 오른다

코 세우고, 박피하고, 쌍꺼풀에, 이마주름 펴서

휘파람 불며 성형외과 계단 걸어 내린다

응접실 거울 속

멋진 내가 서 있다
참으로 눈부시고
황홀하다
두 번째 나

헌데
거울 속 나는 내가 아니다
나는 가고 남이 왔다
싫은 걸 다 버렸더니 원래 나는 가고 없다
그래도 낮은 코는 남겨 둘 걸
작은 눈이라도 그냥 둘 걸
나는커녕 나 비슷한 나조차 하나 없구나
나는 누구냐
허탈하다
세 번째 나

세상에 하나뿐인 나는 대체 어디로 가 버렸나

코 낮아도 열정 많고

거친 피부지만 근육질에

눈이 작으니 뵈는 게 없어 용감하고

이마는 좁아도 가슴은 넓은

이도 멋지고

저도 멋진

있는 그대로도 멋졌던 나

씩씩하고 자신만만했던 나

네 번째 나

내가 나인 건

세상에서 유일하고

남보다 못한 내가 아닌

남과 다른 나였기 때문인걸

고쳐서 잃어버린 나를 되찾는

발걸음 더 무겁다

다시는 뜯어고치지 않으리

나나나나 후렴 마지막 나를 찾아 뛰어 보자

비켜라 세상아,
네 번째 나 납신다

고도리

경로당이 시끌벅적하다

할배 할매 목숨 건 10원짜리 동전 고도리판

명절날 모여앉아 집집마다 왁자지껄

복덕방엔 전세 찾는 손님보다 고도리 객식구 더 많고

여행지 자투리 시간은 삼삼오오 고도리판 벌이는 재미

고도리 망국론 반세기 넘었어도

이보다 더 나은 오락 달리 없으니

고도리 모르면 간첩이라 했던가

3점만 먼저 나면 고go도, 스톱stop도 걸 수 있는 오락

콩글리시Korean English, Konglish는 고스톱

일본말은 고도리五鳥, ごとり

화투짝 세 개로 새 다섯 마리五鳥 만들면 5점짜리 약이고

15점짜리 오광五光 다음으로 큰 약이다

청단, 홍단, 초단은 겨우 3점이니 5점짜리 고도리는

당연히 핵심 전략이다

팔월 공산 열 끗짜리에 기러기 세 마리,

사월 흑싸리 열 끗에 비둘기 한 마리,

이월 매화 열 끗에 텃새 한 마리니

모두 합치면 새가 다섯 마리라서 고도리다

다섯 장으로 채워야 하는 오광보다야 만들기 더 쉬우니

너도나도 노려대는 대표전략이 고도리겠지

그게 고스톱이 고도리 된 이유일 터

망국 오락 질타조차 우이독경牛耳讀經인 건

방방곡곡 남녀노소 사랑받는 국민오락 탓일지니

어쩌겠나, 어찌해야 하나

고도리 앞서는 국민오락 나오기 전까지는

벽창호

벽에 붙인 창호지라서 벽창호가 아니다
우둔한 고집불통이
목에 뻣뻣이 힘들어 가 꼿꼿이 곧게 세운
목곧이가 벽창호다

평안북도 '벽동碧潼'마을
이웃 동네 '창성昌城'마을
두 마을 소들은
무식하게 덩치 크고 억세기로 소문났다
두 마을 소 만나 새끼 낳으면 그 고집은 오죽하랴
그러니 벽동소, 창성소 시집 장가들면
그 고집 누가 막을까
고집불통 벽창우碧昌牛가 아니런가
음망~음망~ 괴성 내는 황소 때려눕히려니
숨 가빠 안 되겠다, 내쉴 적에 말 마치자
우우~하고 입 내밀걸, 오호~하고 입 오물자
벽창우~~하느니

벽창호~~가
제격이다

이놈의 고집불통 벽창호 황소
고집 세고 무뚝뚝해 벽창우 같은 벽창호
따지고 보니 벽창우는 소
벽창호는 사람인 셈

제 잘난 건 누가 뭐래, 남 힘들겐 하지 말지
과유過猶보단 불급不及이라

부러질 텨, 휘어질 텨
어느 쪽이 이득일텨?

염치

고작 체면 하나 겨우 차릴 줄만 알아도
염치廉恥가 있는 거다
그저 잘못한 일 부끄러워할 줄만 알아도
염치는 있는 거다

신세 지고도
폐 끼치고도
미안하지 않고 부끄럽지 않으면
몰염치하고 파렴치한 거다

맹자의 인의예지신仁義禮智信도
예수의 십계명十誡命도
쉽게 풀면 그저 염치 하나에 다름 아니다

한 고조 유방劉邦의 사면초가四面楚歌 피리소리에 무너진
해하결전垓下決戰에서
초패왕 항우項羽는

양자강 기슭 오강烏江 언덕에 배수진치고
훗날 기약코자 도망치라 대기시킨
나룻배마저 뿌리치며

'내가 살아 강 건넌들 패장 면목 어찌 세우랴?我何面目見之
나 죽어 부하 살면
그 길이 염치인 걸...'

천금만호千金萬戶 포상금에 자결하여 부하들 챙기려
옛 부하 여마동呂馬童에게 몸뚱어리 내어 주니
다섯 부하 달려들어 다섯 조각 나눠 가져
포상금 천금에 만호씩 다섯 고을 후작에 봉해지니
나를 버려 부하 살린
장부다운 체면이요
죽어서도 살게 되는
항우項羽의 염치로다

불현듯

보잘것없는 호롱불 하나만 켜도
어둠은 방에서 밀물처럼 쓸려나간다

갑자기 불 켜니 열리는 새 세상
별안간 불 켠 듯 떠오른 새 생각

밭일하다 해 저물어 밥 지으러 부엌 드신 엄니
'얘야 불 좀 혀 주렴'
성냥개비 내리쳐 호롱불 붙이며
'예 엄니, 불 혔시유!' 했는데

불혀서 환해지면
새까맣던 엄마 얼굴 화사했던 때가 그립다
불현 듯 떠오르는 철부지 시절 생각하면
왜 언제나 엄마가 맨 먼저 와 주실까

이외수 작가가 '불현듯 살아야겠다고 중얼거렸다'는 이

유는 무엇일까

엉겁결에 닥친 삶의 애착일까

뜻밖에 일이 생겨 갑작스레 마음이 바뀐 걸까

느닷없이 혼자서 생각해 낸 일일까

별안간 떠오른 삶의 참 의미가 아니라

어쩌다 무심코 내질러대는 시인의 영감일까

불현듯 아무 생각도 없어지고

불현듯 아무 것도 먹고 싶지 않고

불현듯 아무 일도 하고 싶지 않은

생각 없는 생각의 시간

그런 무상의 시간이 불현듯 떠오르는 늦저녁이다

웃음열전

열다섯 개 얼굴 근육 요리조리 꼼질대서 빚어내는
예술작품이 웃음이다
세상에 웃는 동물 사람 빼고는 없는데
울음소리 웃는듯하다고 이름 지은 웃음물총새는
인간이 새 울음조차 웃음으로 올가미 씌우질 않나
지나가는 소도 웃는다고 빈정거리지만
소는 근육 개수가 모자라 웃을 수 없다
인간이 웃어라 떼를 쓸 뿐이지

웃음이 사람 사는 필수조건은 아니지만
하루 한 번 웃음으로 수명 이틀 늘어나고
큰 웃음 30초면 뜀뛰기 10분이니
일소일소 일노일로 一笑一少 一怒一老 라 하지 않는가

웃음이 뭐냐고 물었더니 철학자 칸트가 답했다
기대가 꽝無될 때 터지는 현상이라고
점잖은 연회장 귀부인은 절대로 방귀 따윈 안 뀔 거라

기대했는데
웬걸, 품격 높은 연회장 적막을 뚫고 터져 나오는
황당한 뽀~오~옹 소리에 기대 깨져 꽝이 되니
어찌 웃음 안 터질 수 있나

왜 웃냐고 물어보니 거꾸로 되묻는다
기뻐서 웃나, 웃어서 기쁘나?

하하하, 호호호, 히히히, 허허허, 푸하하하에다
크크, 킥킥, 껄껄, 낄낄, 헤헤, 후후까지
세상에 웃음은 실로 가지가지인 바,

눈으로만 씽긋 웃는 눈웃음
콧소리로 킥킥대는 코웃음
입 하도 크게 벌려 찢길까 걱정되는 함박웃음
큰소리로 해탈하는 푸하하하 너털웃음
고얀 표정에 소리로만 피식대는 헛웃음

비비 꼬며 입만 삐쭉 내미는 비웃음

입고리만 살짝 올린 소리 없이 잔잔한 미소微笑

씨끄럽게 떠들어대는 홍소哄笑

우레같이 폭발하는 질풍노도 폭소爆笑

입 벌려 호탕하게 폭소하는 파안대소破顔大笑

박수까지 곁들이는 금상첨화 박장대소拍掌大笑

골이 나서 사납게 시비 거는 까칠한 조소嘲笑

거기다 시기 질투 얹어 비꼬면 설상가상 차디찬 냉소冷笑

입고리 한쪽만 쓰윽 올린 잔학무도 사악한 썩은 미소, 썩소

어디 그뿐일까!
통일신라 얼굴모양수막새人面瓦는 따뜻한 웃음 짓고
고구려 금동삼존불은 서투르나 소박한 미소다
백제 마애삼존불瑞山磨崖三尊佛은 사심 없이
활짝 웃음 보이고
신라 석굴암본존불石窟庵本尊佛은 원만하고 은근한

깨달음의 미소로 화답하며

삼화령미륵삼존불三花嶺彌勒三尊佛은 천진스런

아기의 웃음 띠고

미륵반가상彌勒半跏像은 고뇌 벗자는 설파 못 따르는

중생들의 딱하고 미묘한 웃음이다

매부리코 하회탈은 알 수 없는 웃음으로 고얀 양반들

몰아붙이고

퉁방울눈 돌하루방은 인자한 웃음 하나로 못된 도적놈

쫓아내니 신묘하기 그지없다

웃음이 어디 쓸모가 그뿐일까!

웃겨서 돈 만드는 일자리도 생겨나는 시절이니

웃음상품 재료는 우스갯거리 농담弄談이고, 재담才談이다

스스로 웃자고 부드럽게 웃기면 해학諧謔이요

남 웃기며 사납게 때리면 풍자諷刺라

우스갯거리로 해학과 풍자로 벌이는 연극은 희극喜劇이요

세월 흘러 요즘엔 개그맨gagman에 코미디comedy라

'대한민국이 웃는 그 날까지'를 외치던
'웃찾사' 방송희극에다
웃기면서 치료하는 웃음치료사도 사업간판 세우니
사나운 사백안四白眼도 치료하면 따뜻해지려나

웃는 낯에 침 뱉을 순 없어도
우습게 본 풀草에 눈 찔릴 순 있으니
아무리 웃는 집에 복이 오고
웃는 게 만복의 근원이라 해도
마냥 웃기만 해서 우스꽝스러워져서도 안 될지어다

웃음도 웃음 나름임을 헤아려야 할 터이니
군자는 모름지기 웃음 따윈 멀리해야
천하 경영 잘 된다지만
진짜 웃음 가까이하면 백성 마음 기꺼이 붙잡는 법
격식 파괴 웃음이면 그게 진짜 웃음이고
사람 냄새 풀풀 나서 백성 마음 쓸어 담으니

함박웃음 파안대소 그런 군자 언제 보나

부랴부랴

불이야! 불이야!
어서 빨리 피하세요!

'불이야불이야' 외치는 소리
하도 급히 소리치니 '부랴부랴'로 말하고
하도 급히 듣자하니 '부랴부랴'로 들린다
부싯돌 빨리 쳐야 불꽃 일어 불붙으니
'불이나게' 후딱 치라고 '부리나케'가 되었다네

늦잠 자는 게으런 아들놈 깨워
부랴부랴 밥 먹여 허둥지둥 서둘러 보냈더니
허겁지겁 뛰어가도 버스는 이미 가버렸고
지각 걱정 두려워서 우왕좌왕 쩔쩔매니
지극정성 자식 사랑으로 차로 태워 등교시키고 오는구나

천방지축 저 아들놈 헐레벌떡 인생살이
뒤죽박죽 얽힐까봐 걱정되어 잠 못 든다
언제 커서 저 녀석이 갈팡질팡 인생 벗고

허둥대는 하루하루 부리나케 벗어나서
가리산지리산 제대로 찾고 살아 갈까

"마지막 세일Sale입니다
자~자 마지막 떨이 딸깁니다
한 상자에 단돈 오백 원이요!"

백화점 문 닫기 직전
아내는 그 소리에 쏜살같이 내닫는다
부랴부랴 뒤쫓아 따라가
두 상자를 건네받곤 흐뭇하기 그지없다

학생은 시험 임박해야 벼락치기로 부랴부랴 공부하고
교수는 과제 막바지에야 밤새워 부랴부랴 마감 한다

젠장!
아들놈만 탓할 거 없지
어차피 우리 모두는 부랴부랴 일상의 연속인 걸

오지랖

윗도리 겉옷 앞자락
바바리코트 앞자락이
오지랖이느니

오지랖이 넓으면 가슴도 넉넉히 감싸주고
가슴이 넓으면 남을 위한 배려심도 크다
그런데 아뿔싸
과유불급에 탈나는 오지라퍼들

졸업하면 뭐 할꺼니, 내가 한번 알아봐 줄까?
취직은 어디로 할꺼니, 내가 한번 알아봐 줄까?
눈이 높아 애인 없니, 내가 한번 알아봐 줄까?
살 좀 더 빼야겠다, 내가 한번 알아봐 줄까?
승진 또 안됐구나, 내가 한번 알아봐 줄까?

넌 그저 날 믿고 가만히만 있거라
내가 한번 알아봐 줄 테니

내가 다 해결해 줄 테니

오지랖이 너무 넓다
낄 데 안 낄 데 못 가리니
순식간에
훈장질에 지적질 참견쟁이로
홀대받는 오지라퍼들 신세

오지랖이 넓어야 세상살이 따뜻한 데
오지랖 좁자고 안달하는 세상

시치미

얇게 깎은 사각뿔 시치미가
매鷹 꽁지 위 털끝에 매달렸다
이름에, 나이에, 색깔은 먼저 적고
주인 이름은 맨 나중 시치미에 새긴다
매를 옭아매는 사냥꾼의 수족

한 욕심 더 얹자면
남의 매 잡아
시치미 주인 이름 바꿔치기하는
매 주민등록증 위조범이다
그리고는
아무 일 없다는 듯 능청을 떤다
시치미 떼어 내는 도적질 해놓고도

서울 하늘엔 시치미 바뀐 매들이 난무하고
서울 거리엔 닭 잡아먹고 내민
싸가지 오리발들이 무덤처럼 쌓여 높아 간다

뺑소니 넝소니

제 손으로 사고치고
그 손 빼고 도망치는 손뺀이
손뺀이가 손뺄이로, 손뺄이는 뺄손이로 바뀌었다가
마지막엔 뺄손이가 뺑소니로 바뀌었구나

남 아프게 만들어 놓고는
손 빼고 도망치는 뺄손이, 뺑소니
남 아픈 거 그냥 볼 수 없어
다가가 손 넣어 챙겨주는 넣손이, 넝소니

뺄손들 늘면 경찰이 늘고
넝소니 늘면 인정이 늘지
넝소니가 말도 더 부드럽지 않나
넝소니가 느낌도 더 따뜻하지 않나

뺄손들 다 쳐내고 넣손들 더 불러오자
뺑소니 세상이 넝소니 세상으로 바뀌게

제4부

어중이떠중이의 야단법석

아귀다툼

몸뚱이는 집채만 한 거구巨軀련만

조동이는 조막만 하고

목구멍은 길고 가늘어

많이 먹을 수도

빨리 먹을 수도 없으니

언제나 굶주림에 허덕이는 아귀餓鬼들에게서

어찌 감히 털끝만 한 양보라도 기대하랴

불고기 한 조각 입에 넣고서도 백번을 씹어야

삼킬 수 있고

아침나절 먹은 밥은 저녁이 되어서야 배에 닿는 터

먹고 또 먹어도

배고프고 또 고프니

싸우고 또 싸우고

다투고 또 다툰다

아귀다툼으로 해가 뜨고

아귀다툼으로 해가 진다

살아생전 탐욕 많은 군상들이 죽어서 떨어지는 지옥

염마왕국 아귀도餓鬼途

죽고 죽이는 아귀다툼에도 여전히 모두가 배고프다

여의도 서쪽 끄트머리 둥근 지붕 안에서도 그런 듯하다

망나니

머리 떨군 사형수 꿇어앉힌 등 뒤로
산발散髮의 사내가 짐승처럼 칼춤사위 바람을 몰아친다
쓱싹쓱싹 망나니 칼부림이 잡고 있는 생사여탈권
입 밖으로 뿜어내는 칼 분무가 얼굴에 뿜어져 퍼진다
질린 겁도
빠진 혼도
단칼 찰나에 잘려 데구르르 나딩구는 머리에 애처로이
매달려 몸부림친다
그렇게 망나니 칼춤은 마당에 질겁을 흩뿌리고
혼을 떼 내어 목에다 걸쳐 매다는 천고의 형벌

이 모진 망나니 칼춤 누가 감히 출 수 있나
얼마나 독해야 남의 목 따낼 용기 있나
먼저 가는 사형수 목을 나중 갈 사형수가 거두는
컴컴하고 음험한 축제
달콤한 사형 면제 사탕발림에 넘어가 저지르는
망나니 춤사위

밤마다 마주할 피 묻은 칼 꿈에 시달리는
저들의 고된 여생餘生 어찌하려나

내 죄 팔아 남의 목 따내는 무거운 업보
단두대는 망나니 대신 그래서 생겼으리라
차마 사람이 못할 짓이니 기계나 하라고

아수라장

아수라阿修羅 선신善神이
하늘과 싸우다 그만 악신惡神이 되었다

하늘이 이기면 풍요에 평화가 오지만
아수라가 이기면 빈곤에 재앙이 온다
인간이 선행하면 하늘이 이기고
인간이 악행하면 아수라가 이기는

'마하바라타' 인도 서시序詩에 이르기를
비슈누신毘濕拏神 원반에 쓰러진 피투성이 아수라들
얼굴 셋에 팔이 여섯 개
흉측한 삼면육비三面六臂 시체들 겹겹이 쌓아
차마 못 볼 아수라 시체 산이 바로 아수라장이라

인간이 선행하여 하늘이 이기면
아수라도 선신이 되는 법이거늘
아수라장 인간 세상 바꿀 지혜는 선행뿐일 터

아비규환

존속살해에, 절도에, 비구니 성폭행 같은
오역죄五逆罪 저질러 떨어지는 지옥이 아비阿鼻지옥이다
옥졸獄卒이 죄인 살가죽 벗겨 묶어 불 속으로 던져 태우고
달군 쇠창에 입, 코 꿰어 매달아 던지니
고통은 죄의 대가가 끝날 때까지 이어지는 곳

살생에, 질투에, 음주를 저질러서
떨어지는 지옥은 규환叫喚지옥이다
펄펄 끓는 가마솥에 빠지고
훨훨 타는 쇠 방에 열통으로 고문하는 곳
아픔을 견디지 못해 울부짖는 괴성은 차마 듣기 어렵다

아비지옥, 규환지옥을 합친 아비규환 지옥은
고문과 고통의 처절한 합체
차마 눈 뜨고 보지 못할 참상의 극치

현세現世에 죄짓지 말라는 엄혹한 불도의 훈시이니
아비규환의 내세來世를 어찌 겁내지 않을까

조리돌림

조리돌림이
생선 돌리며 볶아 내는 요리법인가
아니면 복조리 돌리며 약 올리는 놀이인가
둘 다 아니다

마을 어르신들 죄지은 놈 잡아다가
등 뒤에 북 지우고 낱낱이 죄상 적어
목 쇠도록 읊게 하니
동네방네 돌리면서 창피 주는 흉한 형벌
농악패까지 앞장세우니 인민재판이 따로 없구나
쫓아내지 아니함은 그나마도 위안일테지만

낯선 이방인 네덜란드 하멜Hamel씨도 보았으니
간통범 속옷만 입혀 석회로 하얗게 칠한 얼굴에
화살로 귀 뚫어서
작은북 등에 달고 '나 간통범이요!' 소리치며
온 동네 돌려대던

가슴 찌르는 형벌이니

체벌體罰보다 더 가혹한 심벌心罰이다

죄지은 놈 쪽팔리게 수치심 끌어내는 난도질

오줌싸개 어린아이 바가지 덮어씌워

소금 구걸 내보내는 치욕

오줌바가지돌림이나 조리돌림이나

창피한 건 매한가지이니

몸 아픈 체벌보다 맘 아픈 조리돌림 더 무섭다

동네 규율 지키고자 떼 손가락질로 내리치는

엄혹한 지탄

죄 값 치르되 내치지는 아니하는 추상같은 포용

백팔번뇌

수많은 인간 번뇌에서 불경은 108개만 뽑아 낸다
백팔번뇌百八煩惱다
심신 어지럽히는 평정의 장애물, 고통의 잔뿌리들
열반涅槃에 가는 길에 이놈들 미혹의 훼방꾼이 가로막고
잠재의식 품 깊이 숨었다가 틈만 보면 스물스물
귀신같이 기어 나온다

눈·귀·코·혀·몸·마음 여섯 개 감각 장치
감관感觀 대상 만나면 좋고好, 나쁘고惡, 좋지도 싫지도 않
은不好不惡 세 가지로 먼저 쪼개
눈이 좋아도 번뇌요, 귀가 나빠도 번뇌요,
코가 그저 그래도 번뇌이니
삼육 십팔3X6=18하면 열여덟 개 번뇌 줄기 생겨난다

거기다 괴로움苦 · 즐거움樂 ·괴로움도 즐거움도 아닌捨
것 세 갈래로 나눠주면
눈이 즐겁고, 귀가 괴롭고, 코는 이도 저도 아닌 셋으로

정리되니

이 또한 삼육 십팔 $3 \times 6 = 18$ 하여 열여덟 개 번뇌 뿌리

태어난다

삼육십팔에 삼육십팔하니

합이 서른여섯 $18 + 18 = 36$ 이라

서른여섯 번뇌들은 어제, 오늘, 내일이 다 있게 마련인 법

과거前生 · 현재今生 · 미래來生로 곱해보니

백팔번뇌 태어난다 $36 \times 3 = 108$

열반 기원 고이 다듬은 염주에는 나무 알이 백팔 개가

꿰어지고

한알 두알로 시작해서 백팔 알까지 돌리면서

번뇌 해탈 염불한다

백팔번뇌 소멸 기원 심연에는

본래 자신一心 잃지 않되,

잃더라도 빨리 되찾는 게 가장 빠른 길이라니

자기수양 자기회복만이 오로지 열반으로 열린 길일지니

야단법석

석가모니 설법에 봉양자들이 떼거리로 몰려 든다
법당 안이 하도 비좁아
문밖에 야단野壇을 세워 넓이고
앉아서 들을 수 있는 법석法席까지 마련해도
몰려드는 신도들 다 받기에는 야단법석野壇法席
다 합쳐도 어림없다

영취산 법화경 야단법석 설법에서는
삼백만 명이 모였다 하니
질서가 어디 있겠나
시끌벅적 북새통에 법당도, 야단도, 법석도, 봉양자도
함께 뒤섞인 난리통이다

아랫마을 풍년 기원 풍물패 꽹과리 북소리에
동네 장터가 시끌벅적 야단법석이다
풍년이 오려는가 보다

불한당

춘추 전국시대 노魯나라에
고을 원님 공무제
제齊나라군 쳐들어와 백성들 성안으로 모아들이고
성문 닫아걸었다
다 익어 누런 자식 같은 보리들판 버리고 온 백성들
원망 소리 드높다

"무조건 성안으로 피할 게 아니라 백성들이
내 것, 남의 것 가릴 것 없이 보리를 추수해서
각자 가지라고 합시다.
그러면 너도나도 달려들어 재빨리 추수할 것입니다.
피땀 흘려 키운 보리 적에게 내주는 것보다야 낫지 않
습니까?"

백성 원망 드높아 임금 앞에 불려 간 공무제 일갈하길
남의 곡식조차 아무나 맘대로 거두게 하면
누구나 피땀 흘려 일할 생각 버리고
공짜 마음 싹틔워서

땀 흘리지 않고 남의 것 공짜로 챙기는 재미 빠져드니
급하다고 남의 것 가져가도 된다는 못된 마음부터
막아야지
공짜 버릇 재미 들면 십 년 가도 못 고치니
차라리 통째로 적에 넘길지라도 백성 마음 세움이
우선이라 읍소하니
임금도 공무제 깊은 뜻 새겨 후한 상 내렸지요

익은 보리 아깝지만
땀 흘리지 않고 챙기는 불한당不汗黨 백성들
공짜 맛 들이면 일확천금 요행 찾는 백성 많아지니
놀고먹는 놈 많은 나라
땀 흘리기 싫은 놈 많은 나라
공짜 민심 느는 나라
인기 영합 정치꾼 많은 나라보다
땀 냄새 쉰 냄새 풀풀 풍기며 일하는 나라
불한당 없는 나라가 제대로 된 공무제의 나라

굴레도 질곡도

이랴 이랴, 가자 가자
우우 우우, 서자 서자

묵묵히 가다 서는 우직한 황소
고삐 풀어 가라하고,
고삐 당겨 서라하고
맨머리 목덜미에 얽어맨 고삐걸개
그게 굴레다
몸도 아닌 걸 몸처럼 자나 깨나 목에 걸고 살아가는
운명의 봇짐이자 축복의 선물
타고 난 게 아니면서 이미 몸 일부가 돼 버린
인간이 묶어준 꼼짝 못할 속박의 멍에인가
인간과 벗이 되는 끈끈한 사랑의 인연인가
인간이 묶은 구속인가
인간이 베푼 영광인가

달구지에 매달아 엮인 황소의 속박은

쓸 때만 매다는 멍에든

죽는 날까지 씌워둔 굴레든

그래도 질곡桎梏보다야 처절함이 덜하다

사람이 짐승을 묶는 게 아니라

사람이 같은 사람을 묶는 올가미가 질곡이기 때문이다

질桎은 죄인 발에 거는 발갑着鋼, 차꼬요

곡梏은 죄인 손에 채우는 수갑手匣이다

양손 양발 옭아매는

고통의 심연이고

꼼짝 못할 자유의 박탈이며

탈출의 갈망이다

발갑도 수갑도 무게 달아 값 매기니

양발, 외발, 양손, 외손

발갑 근수, 수갑 개수 달리하고

영어囹圄, 감옥 너비조차 달라진다

그러니 사람은

영어에서 벗어나고, 질곡을 벗겨내고

멍에도 던져내고, 굴레도 풀어내고

운명 따윈 제쳐 내고

제 갈 길

알아서 치우며 살아나가는 투사라야 하는 거다

꼭두각시

한나라 고조 임금, 성안에 갇혀 옴짝달싹 못할 적에
성벽 위에 처녀 모양 나무 인형, 떼로 세워 춤을 추니
질투 심한 적장 아내, 연지閼氏장군 가슴에 불 질렀다
투기심에 불탄 연지, 성 뺏는 게 무슨 대수
"성벽 부숴 입성한들 내 신랑 묵특冒頓대장
저리 예쁜 처녀 끼고 미녀 연회 일삼을 터
차라리 물러나자, 남편부터 지켜내자"
이이제이以夷制夷 퇴각전략

산生 처녀 흉내 내며 목각木刻 인형 춤추게 해
연지장군 속여내니 대군사가 패퇴했네
민초들이 알아채고 놀려 먹자 벌인 일이
대머리 처녀 왕초 곽독郭禿을 앞장세워 인형극 일궈냈네
희극인형 가무단장, 곽독처녀 인형조종사 만들기로
"곽독처녀, 곽독처녀", 혀 돌리기 숨이 차니
그냥 쉽게 "곽독각시"
그래도 힘이 드니 더 편히 꼭두각시라 불렀구나

그리해서 꼭두각신

인형극단 우두머리, 민둥머리 처녀단장 이르는 말

펑퍼짐한 다갈색 얼굴엔 기미 빼곡 들어차고 입마저 삐뚤어져

긴 소매에 노기 띤 소맷자락 춤사위로 내지르는

기괴한 고함소리

젖먹이던 아이 놈 까마귀에게 던져 주는

고얀 엄마 노릇부터

재판 도중 뇌물 받고 양반 부자富者 청탁 들어주는

부패관리 노릇까지

무대 위 덜미쇠 대잡이가 인형 손잡이 막대 잡고

요리조리 조종할 제

무대 밖 산받이는 장구치고 반주하며 감칠맛 난

재담으로 흥미진진 올라가고

조명수는 기름 묻은 솜방망이 횃불 들어

인형노릇 잘 보이게 관중 눈길 집중하니

재기발랄 인형동작 신비롭기 그지없다

사람처럼 치장해도 사람 아닌 인형이니
사람 흉내 꼭두각시 혼자서는 못 움직여
덜미쇠 대잡이 괴뢰傀儡노릇 할 뿐이다
대잡이 손가락을 따라가야 하는 거다
주체성도 하나 없이 남의 손에 놀아나는 꼭두각시 인생
거짓우리아비, 헛우리아비, 허수아비 다름없다

막대기에 실로 묶여 놀아나는 괴뢰
제 생각 하나 없이 시키는 대로 살아가는 허수아비
너나없이 우리 모둔 한결같이
남의 인생 살아가는 애완용 꼭두각시

도무지

얼굴 도배하려고
한지에 물 먹여 겹겹이 도모지塗貌紙를 착착 바른다
햇볕 받은 한지는 물기가 서서히 마르고
얼굴은 당겨져 서서히 조여오니
할딱거리는 숨소리는 서서히 멎어 간다

죽어가는 걸 뻔히 알지만
도저히 어찌해 볼 도리가 없다
조선의 형벌 도모지 사형법이다

하얀 한지에 숨 막혀 죽는다고 백지사白紙死
얼굴에 한지로 도배한다고 도모지 도배형
백지사 형벌이고
도모지 형벌이다

끔찍하게 죽어가는 걸 뻔히 알면서도
도대체 뭔가 해볼 재간이 없다

도모지 형벌은
도무지 막을 방법 없는 속수무책 인고사忍苦死

도모지 형벌이
도무지란 말로 변했다

그까짓 한지쯤이야 손가락 하나 까닥이면
쉬이 떼 낼 수 있으련만
꽁꽁 묶인 손발에 하릴없이 죽어가야 하느니
지금 이 땅 백주대낮에 현대판 도모지 형벌이
벌어지고 있다
공짜로 나눠 준다는 사소한 욕망 하나에 매달려
모두가 도모지 형벌을 자초하고 있다
서서히 데펴지는 냄비 속에 편히 앉자 죽어가는
게으런 개구리처럼

한지 떼 내 줄 용맹한 초인이 언제쯤 백마 타고
홀연히 나타날지
도무지 알 길 없는 채로

넋두리

죽은 사람 저승 갈 때
편히 가라 굿 질하는 무당 넋두리
무당이 죽은 사람 대신
유족에게 남겨주는 쓴소리고 단소리고 잔소리다

살아생전 억울한 일
가족 간에 못 다한 말
주저리주저리 풀어내는 가슴 아린 신세 한탄
불평불만 주저리로 푸념에다 꾸지람도
죽은 사람 넋을 빌려 무당머리 올라타고
한 맺혀 뱉어 쏟는 안쓰러운 말 꾸러미

가족만큼 가까워야 넋두리도 풀 수 있다
친구 간 넋두리야 싫다 말고 받아주자
가족만큼 가깝다는 숨은 사랑 넋두리니

논공행상

논공행상 원조는 중국 삼국시대 오吳 나라에서 시작된다
서기 241년 오나라 손권孫權이 위나라 회남淮南 전투
나갔다가
패색이 거의 짙어 항복 직전까지 가더니만
어인 일로 기사회생 반격하여 승전했으니
이건 또 무슨 행운인가
승리 축하 빵빠래가 천지를 진동하고
온 동네가 잔치판이거늘

뒷방에는 또 다른 전쟁이다
전리품 나누기에 내 편끼리 각축이다
경품이야 뽑기만 하면 그만 일 테지만
이겨 뺏은 전리품은
공적 따라 나누어야 공평무사하다 전원 복종하는 법이라
손권이 원칙 세워 공적 조사로 상 내릴 제

공적만큼 나눠 주되 차이 나야 공정이니

논공행상 각유차論功行賞 各有差라

위나라군 공격을 저지한 공로가 제일甲이요

공격 후 반격한 공로는 제이乙라

신상필벌 원칙대로 논공행상에서 공명정대 원칙 져버리면

군신 신뢰 무너지고 신료끼리 암투하니

자중지란 내부 분란 막아낼 길 막막한 법

미국식 논공행상은 엽관주의獵官主義가 그 뿌리다

서기 1881년에 논공행상에 탈이 생겨 대참사 벌어졌다

대통령 선거전에 죽어라 뛰던 부하

전리품 나누기가 불공정하다 불평하며 군신 신의 탓하더니

취임하고 겨우 넉 달 만에 주군 이마에 총알을 박았으니

가필드Garfield 대통령이

열렬 충성 선거 참모 귀토우Guiteau 변호사에게

자리 배정 불만으로 암살당한 황당 사건이라

논공행상은 전쟁 승리보다 더 힘든 일

아무리 전리품이 이긴 사람 몫To the victor belongs the spoils

이라 해도

논공행상 잘못하면 전쟁에 진 것보다 더 못한 법이거늘

이기고도 지는 것이 논공행상 나누기라

친이친박 친노친문 친윤친이 친문친명

집안싸움 모두 모두 논공행상 타박싸움

고바우

뻥 뚫린 콧구멍에 생김새는 콧등 같아 코바위가 영락없다
평안 갑산 코바위도, 인천 대정 코바위도
남정네 여편네에 얽힌 사연 숱하더니
혀 잘 돌게 편히 불러 코바우로 바꿨다가
더 쉽게 불러보니 고바우가 되었구나
고바우 아랫마을 인색한 어르신 살으셨다
고바우가 그만 사람으로 환생해서
자린고비 짠돌이로 놀부 영감 되었다나

고바우가 또 환생해 만화 세상에 들어가니
반백년 세월 동안 대한민국을 쥐고 흔들었다
김성환 화백이 세워주신 고바우 영감님이시다
작달막한 낮은 키에
평평한 머리 위로 삐쭉 솟은 머리칼 하나
입은 아예 콧수염에 가려 보이지 않고
뭉툭한 코에 내려 걸친 안경 너머로 세상 풍자 뿜어내는 촌
철살인 해학까지

무뚝뚝한 무표정이 머리칼에 실리면 무자비하게 폭격한다
평상 때는 겸손히 앞으로 수그러져 있다가도
화나고 놀랄 때면 뻣뻣이 일어서는 추상같은 머리털 한 가닥
당황하면 꼬불꼬불해지는 한 올 머리칼의 심오한 철학
머리카락 한 자락에 우리네 희노애락을 고스란히 담았다

김화백 이르기를
'고고한 민족정신 드높이 세우자고 성은 높을 고高씨요,
구수한 체취에 바위처럼 강직한 기개 담아 이름은
바우巖라 붙였다'고

어중이떠중이

어중於中된 건 어중치기로 이도 저도 아닌 중간치기요
어중이는 어중간한 중간어중치기다
전국 팔도 사방팔방에서 모였어도
탐탁스럽지도 신통스럽지도 못한 필부필부들

'멱 진 놈, 섬 진 놈' 초라한 행색의 무지렁이들
허접한 짚 그릇인 멱동구미 짊어지고 온 양반네
싸구려 멍석인 섬거적 짊어지고 온 머슴네
멱 지고 온 양반놈이나 섬 지고 온 머슴놈이나
별의별 놈 다 모였어도 쓸만한 놈 별로 없이
다 그렇고 그런 판에 그 놈이 그 놈이다

이 쪽 저 쪽 어느 쪽도 내 쪽이 아닌 터에
태도라곤 애매모호하여 소신 같은 건 아예 없고
양쪽 눈치 보노라니 사소한 일 하나도 해내지 못하는
쓸모없는 이, 어중이
거기다 떠중이 후렴구 넣어주니 혓바닥도 잘 구르네,

어중이떠중이
어중이에 떠중이까지 얹었으니 쓸모조차 더 없겠다,
어중이떠중이

일본에선 얼굴이 있는 둥 마는 둥 하다 해서
유상무상有象無象이라 하고
영국에선 모인 사람들 둘씩 짝짓고 나서 끝에 남은 홀수
오즈 앤 엔즈Odds and Ends라 하고
미국에선 아무 데나 흔히 듣는 이름, 김씨 이씨 박씨같은
톰, 딕, 앤 해리Tom, Dick, and Harry라 하며
중국에선 '고양이나 개나阿猫阿狗'라니
우리네 '개나 소나'로다

이도 저도 쓸모없는 오합지졸 아니런가
이놈이든 저놈이든 그저 그런 잡동사니
별의별 자질구레한 어중이떠중이
먹을 것만 던져주면 헐레벌떡 모여들지

소 잔등 덕석에 앉은 참새 떼 같으니

무슨 용처에 찾아 쓸까

떼로 우르르 모였다가 안개처럼 흩어지고,

흩어졌다 또 모이는 철새 같은 무리들

생선 머리에 귀신 낯짝 졸개들魚頭鬼面之卒마냥

개방귀, 뭇따래기, 치룽구니, 똥주머니, 선떡부스러기,

불땔감, 나무거울이라 부르는

죽도 밥도 아닌 지지리 못난 어정쩡한 어중이떠중이를

어찌 얕잡아 보지 않을 수 있나

어중이떠중이 모여들면 아첨이 난무하고

먹을 게 눈에 띄면 대가리 밀고 내 덤비니

오뉴월 썩은 생선에 똥파리 끓듯 하누나

대명천지 이 나라에 어중이떠중이 정치꾼들 득세하니

백성들도 따라나서 신통방통 닮아가누나

입 바른 언관들도, 서슬 퍼런 판관들도

심지 굳은 신하들도, 소신 높은 서생들도

언제부터 사라졌나 넘어지는 나라 보면서도

마타도어

붉은 수건 카포테capote가 허공을 가른다

투우사의 현란한 손놀림에 황소가 흥분해 미쳐 날뛴다

앞뒤 좌우 분간 없는 막무가내 돌진에 날 선 창날이

화답한다

황소는 날뛰고 창살은 황소 등에 수북이 꽂힌다

드디어 마지막 칼날이 정수리를 찍는다

현장 즉사한 황소로 얻은

투우사의 승리

마타도어matador의 환희

영어로는 마타도어

스페인말로는 마따도르

우리말은 투우사

마타도어는 붉은 천으로 황소공격을 막고자

온갖 손놀림으로 속인다

마타도어 손놀림에 속은 황소는 마지막 결정타인

창날 한방에 쓰러진다

선거도 막판에는 가짜뉴스, 정치공작, 거짓선전, 중상
모략 신의 한수에 승패 나뉜다
근거 없는 '카더라통신' 사실 조작으로
중상모략 몰아치니
내부교란 흑색선전 정치공학에 하릴없이 무너진다
'아니면 말고'식 음모론에 무기력한 대처로는
한 순간에 무너진다
우리 사회 병들게 하는 마타도어 카더라통신
마구잡이 쌩끌이 포획에 당할 재간 못 갖추고
찌라시를 못 넘걸랑 정치 아예 그만 둬라
현명한 유권자 기대하면 무식한 일
SNS는 투우사의 창이요, 칼이니
마지막 정수리에 꽂히는 창날의 처참함을 알겠거든
그때 서야 정치하시라

시와함께(Along with Poetry) 시인선 016

황윤원 시집

눈물 젖은 소보로빵

발 행   2022년 10월 25일 초판
2023년 01월 05일 3쇄

지은이   황윤원

펴낸이   양소망

펴낸곳   도서출판 넓은마루

주 소   (03132) 서울특별시 종로구 삼일대로 30길21, 1103호(낙원동, 종로오피스텔)

전 화   02-747-9897, 010-7513-8838

이메일   withpoem9@hanmail.net

출판등록   제2019호-000100호

인쇄 · 제본   (주)지엔피링크

저작권자 ⓒ 2022, 황윤원

ISBN 979-11-90962-19-3(04810) 979-11-90962-04-9 (세트)

값 12,000원